神様の居酒屋お伊勢
～笑顔になれる、おいない酒～

梨木れいあ

STARTS
スターツ出版株式会社

古くから栄える、お伊勢《いせ》さんの門前町《もんぜんまち》。
『おはらい町《まち》』と呼ばれるそこの路地裏に、神様たちのたまり場がありました。
『伊勢神宮《いせじんぐう》』の参拝時間が終わり、町全体が寝静まった頃、
ひっそりと店の明かりが灯ります。
キンキンに冷えたビールがおいしいこの季節。
今夜もどんちゃん騒ぎのはじまり、はじまり――。

目次

神様の居酒屋お伊勢

〜笑顔になれる、おいない酒〜

一杯目　冷やしキュウリと酒の神

――ちりん。ちりりん。

伊勢神宮の参拝時間が終わる頃。内宮《ないくう》の門前町『おはらい町』の路地裏で、七月の生暖かい風が軒先の風鈴を揺らす。

私、濱岡莉子《はまおかりこ》は紺色の長暖簾《ながのれん》を出しながら、ふうと息を吐いた。

「……あっついねえ」

招き猫の付喪神《つくもがみ》は、私が漏らした呟《つぶや》きに「にゃあ」と気だるげに返事をした。

煮干しをあげる代わりに客引きをしてくれているうちの看板猫は、三色の毛が白ゴマと黒ゴマと金ゴマのようだから、という理由で『ごま吉』と呼ばれている。季節の変わり目には冬用の毛から夏用の毛に生え変わったらしいけれど、私にはいまいちその違いが分かっていない。

ここのところ、最高気温が三十度を超える真夏日が続いている。昼間のむわりとした暑さを残したまま、おはらい町は夜を迎えようとしていた。

「打ち水したの、もう乾いてるし」

少しでも涼しく感じられるようにと店の前にまいた水は、すっかり姿を消している。もうすぐ日が暮れるけれど、お客さんたちが来る前にもう一度、打ち水をしておこうか。

そう考えながら赤提灯《あかちょうちん》のスイッチを入れていれば、ガタンと音がした。

「ん？　……って、わ！」

なんだろうと視線を向けると、引き戸のそばに置いてあった打ち水用のバケツが倒れていた。バケツの中に入っていた水が、サーッと店の前に広がっていく。

バケツを倒したのは十中八九、できあがった水たまりに「にゃにゃ！」とスライディングを決めたごま吉だろう。

「いやちょっとごま吉、今から仕事！」

慌ててごま吉を抱き起こしたものの、時すでに遅し。いつもはモフモフしているごま吉の毛は、水を含んでびしょびしょに濡《ぬ》れていた。

「ごま吉ぃ……」

この暑さだし、水に飛び込みたくなる気持ちは分かるけれど、もうお客さんたちが来てしまうというのに。

そう咎《とが》めようと口を開いた私に対して、ごま吉は腕の中で「にゃーん」とあくびをしてブルブルッと首を振る。

「ぎゃ！　水飛んできたんだけど！」

「にゃいにゃい」

「あ、それ絶対反省してないでしょ」

そんな言い合いをしていたとき、ガラッと開いた引き戸。

「……お前ら、開店準備にどんだけかかっとんの」

紺色の作務衣《さむえ》、頭に巻いた白いタオルから覗《のぞ》く短い金髪、耳に開いた無数のピアス穴。ここの店主である松之助《まつのすけ》さんが、水浸しになっている店の前の道と私たちを見て、呆《あき》れたようにため息をついていた。


不思議なお酒を飲んで神様の姿が見えるようになった私が、神様たちの集まる居酒屋で働き始めて半年が経った。戸惑うことも多かったここでの仕事にも随分と慣れてきて、最近は簡単な料理も任せてもらえるようになった。

「あー、仕事終わりはやっぱりこれに限るわねえ」

「はいトヨさん、お待たせしました」

任せてもらえるようになった料理のひとつ、枝豆をカウンターの上に置くと、すでにビールを半分ほど飲んでいたトヨさんは「ありがと」と微笑んだ。

「夏になって参拝時間が延びたでしょ？　暑いし、人はいっぱい来るし、蚊も多いし、もう疲れちゃうわ」

「蚊って、え、神様たちも刺されるんですか？」

「私は刺されないけど、みんな、なんかかゆそうにしてるじゃない？　見てるこっちもかゆくなってくるわ」

枝豆をサヤから出してひと粒ずつ食べながら、トヨさんはぐるりと首を回す。ゴキゴキッと音が聞こえてくるあたり、相当お疲れのようだ。

普通にしていれば、薄紫色の着物に身を包んだ、肌が白くて目鼻立ちがはっきりとした綺麗《きれい》なお姉さん。だけど、ぐいっとビールを煽《あお》る姿は完全にただの呑兵衛《のんべえ》で、あの伊勢神宮の外宮《げくう》に祀《まつ》られている神様――『豊受大御神《とようけのおおみかみ》』だと誰が信じるだろう。いや、まあ、その姿が見える人間はほとんどいないわけだけれど。

「あら、なんか新しいの増えたわねえ」

頭の中でセルフツッコミをしていた私に、トヨさんが声をかけてきた。

視線の先には、昨日私が作ったばかりの手書きポップがある。壁の空いていたスペースにマスキングテープで貼ったそれは、水色の画用紙を写真と文字で飾ったものだ。

「わ、気づいてくれたんですか」

「毎日来てたら気づくわよ。なになに…… 〝夏のおすすめ　冷やしキュウリ〟？　松之助、これと唐揚げ追加で！」

「はいはい」

私の隣で返事をした松之助さんはさっそく調理に取りかかる。味を染み込ませてあった鶏肉を冷蔵庫から出しながら「莉子、キュウリ頼むで」と私に指示を飛ばした。

「器はそこの黒いやつ使って」

「はい！」

「……あと、ポップ、効果あったな」

ぼそりと落とされた呟きに、食器棚を開ける手が止まる。思わず松之助さんに視線を向ければ、「やるやん」と笑みを返された。

手書きポップを作りたいと言いだしたのは私だった。

本屋がおすすめの本を紹介したり、雑貨屋が話題の便利グッズをアピールしたりするように、飲食店でも手書きポップを壁に貼ったりテーブルに置いたりしているところは多い。イラストや写真と一緒に【店長のイチオシ】とか【期間限定】とか書かれていると、食べてみたくなる人も少なくないだろう。

うちの店でもそれを作ったら、注文ももっと増えるのでは……というのが、手書きポップを提案してみた理由の七割。残りの三割は、松之助さんに褒められたいという下心だった。

この店が好きだ。神様たちの集まるこの店が、松之助さんのいるこの店が、想いがつまったこの店が大好きだ。いつだってお客さんにゆっくりしてもらえるようにと考えている松之助さんについていきたい。そう思う気持ちは、日に日に大きくなっていた。

ピーラーで皮を剥いて縦縞《たてじま》模様になったキュウリは、昨日のうちから調味料に漬け込んである。昆布出汁《だし》とかつお出汁を使って、塩分は控えめであっさりしているけれど深みのある味わいにしているのだと松之助さんが語っていた。

伊勢の漬物といえば〝伊勢たくあん〟が有名だけれど、暑い日にはキュウリを丸ごと一本、割り箸にぶっ刺してあるそれは、漬物屋さんの店先で売られているものらしい。

ティックを持って歩いている参拝客の姿をよく見る。キュウリスティックを持って歩いている参拝客の姿をよく見る。

それがなんとも夏っぽくていいなあと思い、手書きポップの第一弾に冷やしキュウリを選んだのだ。

「よっす、まっちゃん莉子ちゃん！　とりあえずビールで！」

「いらっしゃいませ。承知しました！」

「おお、莉子ちゃんの元気な顔を見たら、疲れも吹き飛ぶなあ」

続々と集まってくる常連さんたちと言葉を交わしながら、冷蔵庫から取り出したキュウリをひと口大に切っていく。それを器に盛って、トヨさんに出す。それから、座敷に上がっていったおっちゃんたちの分のジョッキを用意して、泡が立ちすぎないよう慎重にビールを注いだ。

神様たちが心安らげる、居場所を作りたい。そんな松之助さんの想いが詰まったこの場所を私も一緒に作っていきたい。できれば、これからもずっと松之助さんの隣に立っていたい。この人に認めてもらいたい、必要とされたい。

そうなるために今の私ができるのはなにかと考えたとき、任せてもらっている仕事に一生懸命取り組むことが大切だという結論に至ったのだった。

「ビール、おかわりちょうだい！」

「あ、はい！」

空いたジョッキを掲げたトヨさんに返事をして、おかわりを用意する。

賑《にぎ》わいだした店内に、今日も忙しくなりそうだと腕まくりをしながら隣を見れば、松之助さんがトヨさんに唐揚げを出していた。

「にゃあああああ！」

そんな叫び声と共に、ガラッと引き戸が開いたのは、夜が始まろうとする七時半のことだった。

「なんやごま吉、腹減ったん？」

店の中に駆け込んできたごま吉に、松之助さんは首を傾げる。

「いや、さっきいっぱい食べてましたけど……あれ、なんか聞こえてきません？」

開店準備の前に好物の煮干しをボリボリ頬張っていたごま吉を思い出しながら、私は外から聞こえる音に耳を澄ました。

——ドスン、ドスン。

その音は、次第に大きくなってこちらに近づいてくる。まるで怪獣の足音みたいだ。

座敷にいるおっちゃんたちの後ろに隠れたごま吉は、顔を青くしながら「にゃ、にゃ……」と開けっ放しの引き戸を指差している。

「ねえ、この足音ってもしかして――」

――ドスン、ドスン、……ドスン。

なにか言いかけたトヨさんを遮るように、大きな音が止まった。

「……ここか。人間が酒を提供している店というのは」

野太い声が聞こえた。呟きのような大きさの声だったというのに、しっかりと店の中に響いたのは、いつもは騒がしいお客さんたちがみんな黙っているからだろう。

「邪魔するぞ」

誰かがゴクリと唾を飲んだ音ですら聞こえてくる静寂の中、紺色の長暖簾をくぐって店に入ってきたのは、立派な黒い髭《ひげ》をたくわえた、天井に頭がつきそうなほど大柄なおじさんと……。

「ぎにゃあああああ！」

「わ、デカッ」

ごま吉が泣き叫ぶほど大きく、白い毛がフサフサと生えた、クマみたいな姿をした犬だった。

カウンターの上を、古いホウキの付喪神であるキュキュ丸が「キュキュッ」と鳴きながら通っていく。シャボン玉のように透明で、周りが虹色がかっているそれらは、うちの優秀なお掃除隊である。

「お、お冷とおしぼりです！」

ちょこちょこ動く小さな丸たちが綺麗にしてくれた場所にお冷とおしぼりを置くと、大柄なおじさんはゆっくりと頷《うなず》いた。

……ヤバい。なんか謎の威圧感があるよ、このお客さん。

見た感じ、座敷で宴会をしているおっちゃんたちと年齢は変わらなさそうだけれど、まとっているオーラが異質だった。

太い眉毛はキリッとつり上がっていて、目力がある。脱いだら多分、ゴリゴリのマッチョなんだろう。甘い物の食べすぎでふくよかな体型の、風の神であるシナのおっちゃんとは大違いだ。

「あ、あの、ご注文がお決まりになりましたらお声がけください」

「……ああ」

ガチガチに緊張しながらペコリと頭を下げた私に、お客さんは野太い声で返事をした。

ひとまず任務完了だ。

ホッと息をついて、隣に立っていた松之助さんの袖を引っ張る。

「あの方はいったい……？」

「俺もちゃんと話したことはないけど、『大山祇神《おおやまつみのかみ》』っていう山の神や」

小声で尋ねた私に、松之助さんはこっそり教えてくれる。

「山の神……、確かにどっしりしてますね」

チラリと視線を向けると、お客さんはメニューをチェックしているところだった。体格がいいから、腰かけた椅子が小さく見える。少しでも勢いよく座られたらつぶれてしまいそうだ。

座敷のおっちゃんたちは早々に宴会を再開していて、店の中にはいつもの騒がしさが戻っていた。

ごま吉はお客さんの連れてきた大きな犬が怖かったらしく、いまだに座敷のおっちゃんたちに紛れて、チラチラと様子を窺《うかが》っている。大きな犬はというと、鳴くこともなくお客さんの足元に伏せていた。

「あの犬は？」

「山の神の眷属《けんぞく》。名前は……なんて言うたかなあ」

思い出そうとしてくれているのか、松之助さんは腕を組んで視線を犬のほうに向ける。そのタイミングでお客さんが「わたがし」と呟いた。

私たちの会話が聞こえていたのかと一瞬ひやっとしたけれど、そういうわけではなかったらしい。わたがし、というのは白い毛がフサフサと生えた犬の名前だったようで、呼ばれた犬はのそりと顔を上げていた。

「なにか食べたいものはあるか」

そう問いかけたお客さんに、わたがしは「わっふ」と鳴いた。

「ああそうか。食べたばかりだったな」

い、今の鳴き声で通じたんだ……。

納得したように呟いてメニューに視線を戻したお客さんに、私は目を瞬かせる。

「……それにしても、大山祇神がうちに来たのは意外やなあ」

わたがしとお客さんのやりとりに注目していれば、松之助さんがそんな呟きを落とした。

「え？」

意外って、どういうことだろう。

首を傾げた私に、松之助さんが補足説明をしてくれる。

「大山祇神は、自分の娘が出産したときに祝いの酒を造って振る舞ったことから、〝酒の神〟としても知られとるんさ」

「さ、酒の神……」

酒の神が、居酒屋に来る。それは確かに意外かもしれない。酒の神なら、自分でお酒を造ることができるわけだし、わざわざお金を払って店で飲む必要もなさそうだ。

そう思いながら酒の神を観察していると、不意に目が合った。

「おい、そこの娘」

「え、あ、はい……？」

「ちょっとおやっさん、その呼び方はないでしょ～？」

緊張しながら返事をした私の声にかぶせるように、さっきから無言でビールを飲み続けていたトヨさんが口を開いた。

「お、おやっさん？　トヨさん、知り合いなんですか？」

「トヨさん？　……そなた、豊受大御神をそのように呼んでいるのか」

トヨさんが親しげに話しかけたのが気になって聞いてみれば、酒の神がピクリと反応する。

ただでさえ威圧感があるのに、きつめの話し口調なものだから、ヒイッと背筋が伸びた。

「私がそうやって呼んでって言ったのよ。あっちでどんちゃん騒ぎしてる『級長津《しなつ》彦命《ひこのみこと》』も、ここでは〝シナのおっちゃん〟だからね」

震え上がった私とは対照的に、トヨさんは怯《ひる》む様子もなく言いきった。

「……なぜだ？」

太い眉毛を片方上げて尋ねた酒の神に、私はピシッと固まる。

聞き方がいちいち怖いんですけど！

使い物にならない私を見かねて、隣に立っていた松之助さんが酒の神の質問に答えた。

「うちでは、神様であることを忘れるくらい肩の荷を下ろして楽しんでほしいから、お客さんのことをあだ名で呼んどるんです」

「神であることを、忘れる……か」

「ちょっとくらい羽目を外しちゃってもいいでしょ？　あ、ねえ、おかわりちょうだい」

フサフサの黒い髭を触りながら呟いた酒の神を横目に、トヨさんは空いたジョッキを掲げる。

私はそれを受け取って、新しいジョッキに三杯目のビールを注いだ。

「……そなたたちの名は、なんという」

「店主の松之助です。で、こっちは――」

「り、莉子です。よろしくお願いします」

ビールをトヨさんに出しながら名乗ると、酒の神はフンと鼻を鳴らして頷く。

なんだか気難しそうな神様だけれど、ちゃんと名前を聞いてくれたわけだし、そこまで緊張しなくてもいいのかもしれない。

「そういうわけで、おやっさん。ご注文は？」

松之助さんの問いかけに、酒の神――おやっさんはゆっくりと答えた。

「この店で一番上等な酒をくれ」

ずらりと並んだお酒の瓶を前に、私は頭を抱えていた。

一番上等？　上等な酒って、なに？

「一番値段が高いのは……確かこれだったと思うけど、そういう意味じゃない気がする……」

おやっさんの求めているものとは違う気がするけれど、じゃあどれが上等なのかと考えても思いつかない。

注文されてからあまり長いことお待たせするのもよくないだろうし、考えても分からないなら、とりあえずこの一番値段が高いお酒を持っていってみよう。

そう結論づけて、黒色の瓶に手を伸ばしたときだった。

「莉子ちゃん！　それって、この店で一番高い酒じゃねえのかい？」

後ろからシナのおっちゃんの興奮した声が聞こえてきた。

振り向けば、座敷で宴会をしていたはずのシナのおっちゃんが、おやっさんと肩を組みながらカウンター席に座っていた。

「あ、はい。おやっさんに出そうと思って」

「そいつは俺も飲んでみてえと常々思ってたんだよ。せっかくだし、お猪口《ちょこ》ふたつ用意してくれねえかい？　おやっさんのおごりで！」

「なんだと？」

シナのおっちゃんの申し出に、おやっさんの太い眉毛がピクリと動く。

「あら、シナさんだけずるい。莉子、私の分のお猪口もお願い～」

手を挙げて話に入ってきたトヨさんに、おやっさんの太い眉毛がまた動いた。

「なぜだ」

「まあまあ。いいお酒はひとりで飲んでもおいしいだろうけれど、みんなで飲むともっとおいしいわよ」

トヨさんとシナのおっちゃんに挟まれて座るおやっさんに、逃げ場はない。すでにほろ酔い状態の二柱を見て、なかば諦めたようにフンと鼻を鳴らした。

徳利の隣にお猪口を三つ置くと、トヨさんとシナのおっちゃんは目を輝かせる。

「あ、そうだ。おやっさん、唐揚げ食べない？　ここの唐揚げ、すっごくおいしいのよ～」

「……では、ひとつ」

「おすすめなら俺もあんぞ。莉子ちゃん、黒みつプリンあるかい？」

その問いかけに頷き、シナのおっちゃん用に作ってあったプリンを冷蔵庫から出してスプーンと一緒に渡す。

それを受け取ったシナのおっちゃんは、スプーンですくったプリンを「あーん」とおやっさんに向けたけれど、「けっこうだ」と拒否されていた。

「あそこはみんな知り合いなんですか？」

あの感じで初対面だったらびっくりだなと思いながら松之助さんに尋ねると、コクリと頷きが返ってくる。

「おやっさんは全国各地に祀られとる神様やけど、伊勢神宮の中にも社があるからなあ。サクさんの社のすぐ隣に、『大山祇神社』ってあるの知らん？」

サクさんとは、内宮の宮域《ぐういき》内にある『子安神社《こやすじんじゃ》』に祀られている、安産や子授け、縁結びの神様『木華開耶姫命《このはなさくやひめのみこと》』のことである。

迷子になっていた男の子を助けてからというもの、毎回コロッケを頼んで、トヨさんと飲んだくれている。最近は少し忙しいとかで、ほぼ毎日来ていたときより頻繁ではないけれど、週に一度は必ず顔を見せてくれている。

「いやー、その辺は全然知らないです」

正直に答えた私を松之助さんは呆れたように笑いながらも、ちゃんと説明をしてくれる。

「おやっさんは、サクさんの父親なんさ」

「サクさんの……お父さん？」

桜色の着物がよく似合う神様を思い浮かべて、パチパチとまばたきをした。

あの美しい神様と、ゴリゴリなおやっさんが親子だとは。

すごく見た目にギャップがあるけれど、それならトヨさんやシナのおっちゃんが親しげなのも納得できる。

「じゃあ、おやっさんが祝いの酒を造って振る舞ったっていうのは、サクさんが出産したときってことですか？」

「うん、俺はそう聞いとる。でも、おやっさんについて俺が知っとるのはそのくらいやな」

そう言って松之助さんはおやっさんたちに視線を向ける。

「たびたび名前は聞くんやけど、基本的にあんまり表に出てこやんというか。昔から俺はいろんな神様たちと出会ってきたけど、この辺りに祀られとる神様やのに、おやっさんとは数えるほどしか会ったことないでなあ」

さすが山の神というか、なんというか。動かざること山のごとしってよく言うけれど、おやっさんはどっしり構えるタイプなのだろう。

「それじゃ、かんぱーい」

トヨさんの合図と共に、シナのおっちゃんはお猪口を掲げる。

おやっさんも両隣をマネてお猪口を掲げ、お酒の匂いを嗅ぐようにスンと鼻を鳴らしてから口をつけた。

ゴクリ、とその喉仏が動く。

私はソワソワしながら、おやっさんの反応を待っていた。お望み通りのお酒を出すことができたのか、違っていたなら次はどのお酒を出せばいいのか、おやっさんの表情から読み取ろうと目を凝らす。

「……フン」

だけど、おやっさんの表情筋は動かない。鼻息がわずかに聞こえてきただけだった。

「高い味がするわ～。これ、唐揚げと合うんじゃない？」

「いやあ、甘いもんのほうが合うんじゃねえかい？」

「そんなこと言って、シナさん、また奥さんに怒られるわよ。ああ、でも、このお酒サラッとしてるようでけっこう香りが強いから、さっぱりしたものがいいかしら」

一方、トヨさんとシナのおっちゃんは満足げな笑みを浮かべながら、このお酒にはどんな食べ物が合うのか、それぞれの視点で分析を始めている。

おやっさんは話し合いに参加することなく、ただひたすらにお酒を飲み続けていた。

「……どのように思う」

そのまま飲み干してしまうのかと思ったけれど、おやっさんはお猪口をいったんカウンターの上に置いて、ぼそりと呟く。その視線は私のほうを向いていた。

「はい？」

突然話を振られ、いったいなにを聞かれているのか分からず首を傾げた私に、おやっさんはもう一度尋ねた。

「この酒に合うつまみはどれか、ということについてだ。どのように思う」

てっきり興味がないのかと思っていたけれど、ちゃんとトヨさんたちの話を聞いていたらしい。

しかしそう問われても、私はその一番高いお酒をちゃんと飲んだことがない。さらに言えば、お酒とおつまみの相性について詳しいわけでもない。

助けを求めようと隣を見れば、松之助さんは「おーい、まっちゃん！」と座敷のほうから飛んできた声に対応しているところだった。

「そうですね……。それこそ、この冷やしキュウリとかどうですか？」

トヨさんの感想を思い出しながら提案してみる。

高い味……というのがどんなものかよく分からないけれど、お酒を主役として考えるなら、さっぱりしたキュウリは引き立て役にうってつけなのでは。

そう考えて手書きポップを指差せば、おやっさんは目を細めて文字を辿《たど》る。

「……では、それをくれ」

「は、はい」

注文を伝えようと隣を向くと、座敷から注文が入ったのか、松之助さんはせわしなく手を動かしていた。

冷やしキュウリならさっきトヨさんにも出したし、私が盛りつけても大丈夫だろう。

「後ろ通ります」

「うん、キュウリ絶好調やな」

邪魔しないようにひと声かければ、会話を聞いていたのか松之助さんが「頼むで」と笑った。

忙しいだろうに、こっちのことまで気にかけてくれていたのか。

嬉《うれ》しくて思わずニヤけそうになった頬を引き締めて、食器棚を開ける。

黒い器にキュウリを盛ってカウンターへ出そうとすると、トヨさんとシナのおっちゃんはまだ話し合いを続けていて、挟まれたおやっさんは熱心に手書きポップを見つめていた。

「お、お待たせしました」

「……ああ」

声をかけると、チラリと視線を上げて頷く。

「これは、そなたが書いたのか」

そのまま下がろうとした私を、野太い声が引き留めた。『これ』というのはポップのことだろう。

「あ、はい。そうですけど……」

なにか気になるところでもあったのだろうか。

じっと挑むようにこちらを見てくるおやっさんに、自然と背筋が伸びる。ついでに変な汗も出てきた気がする。

「あの、なにか至らないところがありましたら、私のことは気にせずズバッと言ってもらって大丈夫なので、えっと——」

「よく書けているな」

「ああああですよねすみません本当に……って、え？」

勢いのまま下げた頭を、ゆっくりと上げた。

今、私……褒められた？

ポカンと口を開けておやっさんを見れば、すでに興味はキュウリに移ったのか、仏頂面を崩すことなくお箸を手にしている。

「聞き間違い……？」

「なわけないでしょ〜。莉子はおやっさんをなんだと思ってるのよ」

私のこぼした呟きを拾って、トヨさんがゲラゲラと笑った。おやっさんを挟んで反対側、シナのおっちゃんもふくよかなお腹を揺らしておかしそうにしている。

「いや、でもそれ、文字とかちょっとへにゃってなっちゃったんですけど」

「……なにも、巧みに書けているものだけがよいとは限らないだろう」

キュウリをボリボリと食べながら、おやっさんが口を開いた。

つまり、うまくはないけれどいい感じってこと？

「級長津彦命……ああ、ここではシナのおっちゃん、だったか」

「おう！　どうした！」

私がさっきの言葉を頭の中で噛《か》み砕いているうちに、おやっさんはシナのおっちゃんへ視線を向ける。

「そなた、ここへはよく来るのか」

「おお、毎日来てんぞ俺は」

おやっさんの質問に、黒みつプリンを口の端につけたまま、シナのおっちゃんは朗らかに答える。

「なぜだ」

「そりゃあお前、ここでみんなと甘いもん食って酒飲んでたら元気が出んだよ。カミさんに内緒で食べる甘いもんと酒は格別だぞ」

「……酒で、元気が出るのか」

おやっさんはシナのおっちゃんの言葉を反芻《はんすう》するように呟いて、フンと鼻を鳴らした。

調理がひと段落したのか、手を洗った松之助さんが私の隣に立った。シナのおっちゃんとおやっさんのやりとりに耳を傾けていたようで、「また怒られんように気をつけなや」と笑っている。

「豊受……トヨさんはなぜここへ来るのだ」

今度はトヨさんに向かって、おやっさんは同じ質問を投げかける。

お猪口に残っていたお酒をぐいっと飲み干したトヨさんは、頬杖《ほおづえ》をつきながらふわりと表情を和らげた。

「そうねえ」

「仕事終わりにここへ来て、キンキンに冷えたビールを飲んで唐揚げ食べてるとね、一日の疲れが吹き飛ぶのよ」

「……疲れがとれるのか」

「それに、松之助や莉子と関わるようになってから、最近の子たちのことがちょっと分かるようになって、仕事してても面白いの」

そう言って、トヨさんはスマホを取り出す。

もちろんそれはトヨさんの私物ではなく、いつも勝手に使われている私のスマホだ。画面をタップする指は完全に慣れていて、もう咎める気も起きない。

スマホをいじるトヨさんが「このアプリが今は人気でね〜」と語りだした横で、おやっさんは再びお酒を飲んでいた。

どうやら、さっきの質問に対するトヨさんたちの答えを自分の中に落とし込んでいるらしく「酒で元気が……疲れがとれる……」と呟く声が聞こえる。

「なにか引っかかったんですかね？」

「そやなあ」

隣に立つ松之助さんに小声で話しかけてみると、少しぼんやりした声が返ってきた。珍しく思って顔を見てみれば、その頬は緩んでいる。

きっと、さっきのトヨさんたちの言葉が嬉しかったのだろう。

毎日来てくれているお客さんだし、この店のことを気に入っていることも分かっていたけれど、改めて言葉にされるとやっぱりニヤける。

店員歴半年の私ですらそう思うのだから、松之助さんはなおさらだろう。

「……なんや、ニヤニヤして」

じっと見つめていた私に気づいて、松之助さんが怪訝《けげん》そうに首を傾げる。「なんでもないです」と返せば、軽く肘で小突かれた。

「松之助、莉子」

そんなやりとりをしていた私たちを、おやっさんの野太い声が呼んだ。

視線を向けると、もう飲み終えたのか徳利を手にしたおやっさんが「注文いいか」と太い眉毛を上げる。

「はい、お伺いします」

背筋を伸ばして対応しながら、あれ、そういえばおやっさん、私たちの名前を覚えてくれたんだ……と思ったのも束の間。

「次は、この店で一番うまい酒をくれ」

またしてもさっきと似たようなざっくりした注文に、私は頭を抱えることになった。


年季の入った扇風機がカラカラと音を立てながら首を振っている。働き者のキュキュ丸は列を作り、カウンターの上を転がっていた。

「そっち、タオルケット足りたか」

「はい」

カウンターの中から小声で尋ねてきた松之助さんに頷いて、座敷の机に広がっていた食器を片付ける。なるべく音を立てないようにお皿を下げるのには、この半年で随分と慣れた。

時刻は、午前二時。店の中には、グウグウ、ガアガアと神様たちのいびきが響いている。

酔っ払って眠ってしまった神様たちにタオルケットをかけるのも、働きだした頃から変わらず、毎日の仕事のひとつだった。

「……そなたたちは、そんなことまでしているのか」

カウンターで〝この店で一番口当たりのいい酒〟を飲みながら尋ねたのは、ここまでノンストップで日本酒を飲み続けているおやっさんだった。

酒の神というのは、かなりお酒に強いらしい。あのあとも次々と注文したおやっさんは、度数の高いお酒ばかり飲んでいたというのにケロッとしている。

「あ、はい」

「なぜだ」

「えっと、このまま寝たら風邪をひいちゃうから……ですかね？」

私は座敷からカウンターの中に戻り、下げてきたお皿を流しに置きながら首を傾げた。

当たり前のように毎日していた仕事だけれど、改めて尋ねられるとあやふやな答えしか出てこない。

隣に助けを求めると、松之助さんは少し考えるように視線を動かしてから口を開く。

「こうやって気を抜いてだらっとしてもらえるんが、俺らは嬉しいんさ」

松之助さんの補足を聞いて、おやっさんは納得したようにフンと鼻を鳴らした。そして、カウンターに突っ伏して眠っていたトヨさんが「おかわり……」と寝言を言うのを聞きながら「夢の中でも酒を飲んでいるのか」とツッコミを入れ、お猪口に残っていたお酒をぐいっと飲み干すと、ガタンと席から立ち上がる。

「お帰りになられるんですか」

「ああ、……長居したな」

ドスン、と一歩を進んだおやっさんは、その音で店が揺れたのを感じたのか「すまない」と謝って、そろりと二歩目を踏み出した。

「みな、よい気分で眠っているのだ。起こしてしまっては悪いだろう」

ぼそっと呟いたおやっさんは、入り口近くで伏せていたわたがしの頭を撫《な》でる。おやっさんの「行くぞ」という声を聞いて身体を起こしたわたがしは、その隣にぴたっと並んだ。

私は松之助さんと共におやっさんのあとを追い、店の外に出た。

昼間より涼しく感じられるものの、むわっとした夏の夜。星がよく見える。

「あの、ありがとうございました」

ペコリと頭を下げた私たちに、おやっさんは「ああ」と頷く。そのまま背中を向けて去っていくのかと思いきや、なかなか歩きだそうとしない。

どうしたのだろうと首を傾げていると、おやっさんが口を開いた。

「……ここは」

「え？」

「ここは、よい店だな」

ぼそりと聞こえた野太い声に、背筋が伸びた。

ずっと無表情だったおやっさんの口から出てきた感想に、耳を澄ます。

「俺は酒の神ではあるが、数をこなすうちに酒の楽しみ方というものを忘れていたらしい。酒というものが、みなにどのように作用しているのか、改めて知るよい機会となった」

おやっさんはここへ来て、『なぜだ』とたくさん質問をしていたけれど、酒の神ならではの悩みがあったということだろうか。ここでみんなの話を聞いているうちに、それが少しでも和らいだのであれば本望だ。

「……楽しませてもらった」

落とされた呟きに、胸が熱くなる。

隣を見上げれば、嬉しそうな松之助さんと目が合った。

「また、おいない」

いつものセリフで見送った私たちに、おやっさんはゆっくりと振り向いて小さく笑う。

「……ああ、また」

ドスン、ドスンと足音を鳴らしながら、酒の神は去っていった。


「昨夜は父がお世話になったんですって？」

翌日、店の賑わいが落ち着きだした夜十時。

この時間にお客さんが来るのは珍しい。誰だろうと視線を向けると、やってきたのは桜色の着物がよく似合う美しい神様だった。

「サクさん！　いらっしゃいませ」

「あら～、サクちゃん」

出迎えた私たちにヒラヒラと手を振って、すでにできあがっているトヨさんの隣に座ったサクさんは、いつものようにコロッケを注文する。

お冷とおしぼりを出す私の隣で、さっそく松之助さんが調理に取りかかった。

「おやっさんからお聞きになったんですか？」

サクさんの祀られている社のすぐ隣におやっさんの祀られている社がある、と松之助さんが説明してくれたのを思い返しながら尋ねた私に、サクさんは頷いた。

「ええ、いつもと様子が違ったので、どうしたのかと聞いてみたのです。ここへ来たと言うものですから驚きましたよ」

おしぼりを広げながら、サクさんはふわりと笑う。

「父があまり表へ出ないということはご存知ですか？」

「あ、はい。どっしり構えてて、まさに山の神って感じですよね」

「どっしり……、まあそういう言い方もあるかもしれませんが、父は基本的にインドアなんです。よっぽどのことがない限り社にいたいというか、愛犬のわたがしと戯れるのが唯一の楽しみというか」

老後の暮らしを楽しんでいるうちのおじいちゃんと似たような生活だな、と思いながら相槌《あいづち》をうった。

「そんな父が、この店のことを気にし始めたのです。私がここに来て、楽しいひとときを過ごして社に帰ると、父は必ずどんな店なのか、どんなことがあったのか、どんなものを食べたのか、どんな酒を飲んだのか……たくさんの質問を投げかけてきました」

すごく興味津々だったんですよ、とサクさんは思い出し笑いをする。

「酒の神として知られている父ですが、ここのところ閉じこもっていましたから、お酒が人々にどんな楽しみをもたらしているのか、忘れてしまっていたみたいです」

数をこなすうちに忘れていた、と昨日おやっさん自身も語っていた。その話とつながって、私は「ふむ」と頷いた。

「不器用で不愛想なので伝わりにくかったかもしれませんが、父はとても楽しかったようです。あんなに生き生きと仕事をする父を見たのは久しぶりでした。きっとよい刺激になったのでしょう」

「刺激……ですか」

サクさんの言葉を繰り返した私に、「よかったわねえ」とトヨさんが茶々を入れる。

お世辞を言うタイプではなさそうなおやっさんが、社に帰ってからもこの場所を思い出してくれていたとは。本当に楽しんでもらえたということだろう。

松之助さんが大切に築き上げてきたこの場所が神様たちに認められるというのは、やっぱり嬉しい。

「また伺いたいそうです」

「ぜひぜひ！　お待ちしてますと伝えてください」

次におやっさんが来てくれるまでに、あの難しい注文にちゃんと応えられるように鍛えておこう。

そう決意を固めた私が、サクさんに力強く頷いたときだった。

——ピリリリリ。

店の電話が鳴った。

「ごめん、莉子出て」

「あ、はい」

サクさんとトヨさんに断りを入れて、手が離せなさそうな松之助さんの代わりに受話器を取った。

「お電話ありがとうございます、『居酒屋お伊勢』です」

『こんばんは。〝きくのや〟と申します』

聞こえてきたのは、若い男の人の声だった。

「ああ！　きくのやさん！」

思わず声を上げた私に、松之助さんが視線を向ける。

伊勢の老舗料亭である『きくのや』は、松之助さんの実家だ。しばらく疎遠だったと聞いていたけれど、今はいい距離感を掴《つか》めているのか、たまにこうして弟さんから電話がかかってくる。

跡継ぎがどうこうという勘違いをして、私が勝手になんやかんやしたのも記憶に新しい。

「こ、こんばんは」

少し緊張しながら挨拶をすれば、弟さんの声が聞こえてくる。

『その声は莉子さん、ですかね。兄がお世話になっております』

「いやいや、お世話になっているのは私のほうです」

ペコペコと頭を下げながら話をする私を見て、酔っ払ったトヨさんが「あの子、壁に向かってお辞儀してるわよ」とゲラゲラ笑っている。

「あの、それで、ご用件は……？」

『忙しいところ申し訳ありませんが、松之助に替わっていただけませんか？』

「えっと、少々お待ちください」

保留ボタンを押してチラリと松之助さんを窺えば、ちょうどコロッケを揚げ終えたところだった。

「弟さんからです」

お皿に盛りつけてサクさんに出した松之助さんに、受話器を渡す。

「……分かった」

頷くまでに一瞬、間があった。

松之助さんの微妙な反応を不思議に思いつつも、いつかみたいに電話を完全に拒否することがなくなったことに、ちょっとホッとする。

「松之助の実家から電話がかかってくるの、久しぶりじゃない？」

「言われてみればそうですね。急用でもあったのでしょうか」

戻ってきた私に、トヨさんとサクさんが揚げたてのコロッケを頬張りながら話しかけてくる。

「でも弟さん、特に慌てたような話し方じゃなかったです」

「とすると、声を聞きたかっただけなのでしょうか」

「だけど松之助もスマホを持ってるのよね？　声を聞きたいだけなら、そっちにかければいいじゃない」

そう言われてみると、だんだん気になってくる。

もしかして松之助さん、なにか都合の悪いことでもあってご実家からの電話を無視してたんじゃ……。松之助さんのことだし、あり得そうな話だ。

なかなか的確なトヨさんの指摘に、前例を思い返して「うーん」と唸《うな》る。

松之助さんは私たちから顔を背けるように後ろを向いて話をしていて、その表情を見ることができない。声をひそめているのか、松之助さんの声はボソボソとしか届いてこないし、話の内容まで聞き取ろうとするのは難しい。

「まあ重要なことなら教えてくれるだろうし、憶測で噂《うわさ》をしていても仕方ないわね。電話終わるまで待っとこ」

「そうですね。ところで莉子、これは新しく作ったものなのですか？」

トヨさんの意見に賛同するように頷いて、サクさんは話を変える。『これ』と指差したのは、私が作った手書きポップだった。

「あ、はい。サクさんは見るの初めてですよね」

「ええ。これはよく書けていますね」

サクさんはまじまじと見つめて、感心したように呟いた。

「それ、昨日おやっさんにも言ってもらいました」

うまくはないけれどいい感じ、っていうニュアンスだったけれど。父と娘だと、着眼点が似るのだろうか。

「そうでしたか。心を込めて作られたものは、受け取り手にも伝わるなにかがありますね」

「え？」

「誰かのことを想って作ったのではないですか？」

おやっさんが深くは語らなかった『よく書けている』という言葉の意味を、サクさんがさらりと教えてくれる。

「誰かのこと……」

そう言われて一番に浮かんできたのは、松之助さんの顔だった。つまり、三割ほど込めた下心が、前面に出てしまっているということだろうか。

「い、いや、その……」

「ん？　なになに莉子、顔赤くない？」

口をもごもごさせた私の顔を覗き込んで、トヨさんは首を傾げた。

「あら本当。そろそろ私の力の使い時でしょうか」

腕まくりをしたサクさんに、全力で首を横に振る。

サクさんの力というのは、いわゆる縁結びのことだ。迷子の男の子を助けたときのお礼としてその力を使おうとしてくれているサクさんは、どうやら私と松之助さんの関係を〝そういう〟感じだと思っているらしい。

「あの、だからサクさんそれは……！」

「どしたん」

サクさんを止めようとしていた私の隣に、電話を終えた松之助さんが戻ってきた。

タイミングがいいような悪いような気がしながらも、話を逸らそうと口を開く。

「いえ、別に。ところでさっきの電話は――」

「いや、気にしやんといて」

あからさまに複雑な顔をした松之助さんに首を傾げる。

そういう言い方をされると、むしろ気になるんですが……。

「ねえ、おかわりちょうだい」

もやっとしかけた空気を変えるように、トヨさんが空いたジョッキを掲げた。

「私もビールと、それからこのキュウリもいただけますか？」

サクさんも手書きポップを指差して、にこりと微笑む。

「あ、はい！」

「はいよ」

私と松之助さんは、揃《そろ》って二柱に返事をした。

深く聞かれたくないこともあるだろうし、今は切り替えよう。

そう気を取り直して、キンキンに冷えたジョッキを用意する。そして、松之助さんがキュウリを盛りつけるのを横目で見ながら、よし、と気合いを入れてビールを注ごうとしたときだった。

「ぎにゃあああ！」

そんな叫び声と共に、ガラッと開いた引き戸。

「え、ごま吉……？」

座敷の奥へと駆け込んだごま吉にデジャヴを感じながら耳を澄ましていると、聞こえてきたのは、ドスン、ドスン、という大きな足音。

「あら」

「さっそく来ましたね」

トヨさんとサクさんが顔を見合わせて面白そうに笑う。

まさかと思って視線を向ければ、ばさっと揺れた紺色の長暖簾。

「今日も来ちまった」

そう言って太い眉毛を上げたのは、黒い髭がフサフサと生えた大柄な酒の神。

また忙しくなりそうな気配に、私たちは気合いを入れ直したのだった。

こうして今日も、居酒屋お伊勢の夜は更けていく。

二杯目　夏は食べなきゃ、赤福氷

「これも済み……と。よし、帰ろか」

買い出しリストをポケットにしまい、こちらを振り向いた松之助さんに頷きを返しながら、私はおでこの汗をぬぐった。

いつ来ても観光客でいっぱいのおはらい町は、夏休み真っただ中の八月ということもあり、いつも以上の賑わいを見せている。

――ミーンミン。

どこかから一瞬聞こえたセミの声は、すぐに人々の話し声にかき消される。

『買い出し行くけど、ついてきてくれやん？』

カンカンカン、とお玉でフライパンを鳴らしながら私を起こしに来た松之助さんがそう言って首を傾げたのは、いつもの起床時間より少し早めの午後三時。

白い半袖Tシャツに黒のスキニーパンツという私服姿の松之助さんに、心を躍らせてついてきたけれど……。

「人が多いですね」

思わず呟いた私に、松之助さんが苦笑いを浮かべた。

「お盆の辺りはやっぱり混むなあ」

「気を抜くと、はぐれちゃいそうですね」

買ったものがずっしり詰まったエコバッグを肩にかけ直す。

ちなみに【アイラブ伊勢】と印字されたこのエコバッグは、観光協会によって作成されたオリジナルグッズらしい。数量限定で販売されていたものだそうで、同じものを持っている人を見かけたことはない。まあ、伊勢への愛をバッグで表現する人がいないというのも大きいだろうけれど。

隣を歩く松之助さんとなるべく距離が開かないように、だけど身体は当たらないようにと気をつけながら歩いていれば、高校生くらいの女の子たちとすれ違った。

それぞれが個性的でレトロモダンな柄の浴衣を着ており、自撮り棒片手にコロコロと笑っている。普段なかなかしない格好にテンションが上がっているのだろう。

私も松之助さんも毎日のように作務衣を着ているし、お客さんたちの格好も着物がほとんどだから、和装を目にする機会は多い。でも改めて他の人が着ているのを見ると、伊勢の町並みにしっくり合っていて素敵だと思う。

「浴衣ってやっぱり可愛いですね。レンタルしたのかな……って、あれ？」

隣にいた松之助さんに話しかけたつもりが、顔を向けるとそこに彼の姿はなかった。代わりに、背の高い外国人のおにいさんが「アーハーン？」と返事をしてくれる。

ヤバい。『はぐれちゃいそう』とか言ってるそばからはぐれてしまった。

「そ、ソーリー」

おにいさんにペコペコと頭を下げて離れようとすると、今度はドンと誰かにぶつかった。

去年は東京で働いてたくせに、人混みを歩くのが下手になりすぎでしょ、私……。

「すみません!」

「あ、いえ」

大丈夫ですよ、と爽やかに微笑んでくれたのは、さっぱりとした黒髪で目尻が少し垂れている、まさに〝好青年〟という感じの男性だった。年齢は今、二十四歳の私よりちょっと上の、二十六か七といったところだろうか。

私のタイプではないけれど、絶対この人モテるだろうなあ。それこそ、大学時代の友人である葉月《はづき》とかが好きそうな顔だな。

「……あの?」

思わずじっと見つめてしまっていた私に、男性は不思議そうに首を傾げる。

こてん、という音でもしそうなその仕草は、子犬みたいな可愛さがあるな……なんて、悠長に観察している場合ではない。ここは人混みのど真ん中だし、はぐれてしまった松之助さんを探さないと。

「すみませ――」

「あ!」

私がもう一度謝って、その場を立ち去ろうとしたとき、男性が声を上げた。

何事かと振り向けば、彼は私の肩にかかっていたエコバッグを指差している。

「そのバッグ、僕も使っとるやつです」

「えっ！」

じゃん、と見せられたのは、【アイラブ伊勢】と印字されたエコバッグ。まさか、この特徴的なバッグを使っている人にぶつかるとは。

「偶然ですね。これ、私の上司が持たせてくれたものなんです」

「そうなんですか。僕はデザインに一目惚《ひとめぼ》れして、家族の分も買うてプレゼントしたくらい気に入っとるんですけど、なかなか使っとる人見かけやんくて。ぜひその上司さんにお会いしたいなあ」

男性が嬉しそうに話すのを聞きながら、通りを行き交う人々の邪魔にならないように道の端に寄る。

「あ、実は一緒に来たんですけど、ついさっきはぐれちゃって」

「ええ！　そしたら僕も一緒に探しますよ」

「わ、ありがとうございます。金髪で目つきがシュッとした感じなんですけど……」

快く申し出てくれた男性に、人差し指で両方の目尻をつり上げるようなジェスチャーも交えて、松之助さんの特徴を説明していたときだった。

「莉子」

聞き覚えのある低い声で名前を呼ばれた。

「松之助さん！」

「はぐれそうとか言っとるそばからはぐれて、どうするん――」

合流できたことにホッとした私に、呆れたようにそう言いながら汗をぬぐった松之助さんは、私の隣にいる男性を見てぴたりと動きを止めた。

「松之助」

「……竹彦《たけひこ》」

……うん？　このふたり、知り合い？

驚く私を置いてきぼりにして、男性――竹彦さんは驚いたように目を瞬かせて、「久しぶりやなあ」と手を振る。

松之助さんはというと、バツが悪そうに目を逸らしながら、チッと舌打ちをした。

「いやいや、舌打ちはダメでしょ！」

「おお、莉子ちゃん、もっと言うたって～」

咄嗟《とっさ》にツッコミを入れた私に、竹彦さんはケラケラと笑う。その反応に、さらに眉を寄せた松之助さん。

私はそんなふたりの様子に戸惑いと冷や汗を隠せない。

松之助さんは不機嫌だけれど、竹彦さんはその態度を気にしていないみたいだ。お互い呼び捨てだし、気心の知れた間柄なのだろうか。

「ん？　ていうか今、莉子ちゃんって……」

私、この人とお会いしたことあったっけ？

親しげに名前を呼ばれたことに疑問を抱いて竹彦さんを見ると、松之助さんが「あー……」と頭をかいた。

「こいつ、弟」

「……え」

ポカンと口が開く。

「電話では話したことあるけど、会うのは初めてやな、莉子ちゃん。兄がいつもお世話になってます」

そう言って竹彦さんは、にこりと人懐っこい笑顔を浮かべながら右手を差し出した。

電話のときはいつもきっちりした言葉遣いで『莉子さん』と呼ばれていたから、パッと分からなかったけれど、確かにこの声は聞き覚えがある。

「お、弟さんでしたか！」

その右手を両手で握り返しながら、ふたりを見比べた。

金髪で目つきの鋭い松之助さんに対して、竹彦さんは黒髪だし垂れ目だし、雰囲気が全然違う。兄弟だと言われなかったら気づかなかっただろう。

思わずぼけーっとふたりの顔を眺めてしまっていた私に、「見すぎや」と松之助さんのチョップが飛んでくる。

「だ、だって」

「似とらんなって思ったんやろ。よく言われる」

私の心の中をいとも簡単に読んだ松之助さんに目を瞬かせていれば、竹彦さんが補うように言葉を続ける。

「松之助は父さん似で、僕は母さん似なんさ。いや〜、しかし残念やなあ。このエコバッグ使っとる人に出会えたと思ったら、松之助やったとは。僕がプレゼントしたやつやん、それ」

「ああ、言ってましたね。ご家族の分も買ったって」

ずり下がってきたエコバッグを肩にかけ直しながら相槌をうつ。

すると、隣に立っていた松之助さんが私に手を伸ばしてきた。

「ん」

「え？」

意図が分からず首を傾げた私から、松之助さんはエコバッグを奪っていく。ずっしりと重たかった肩が急に軽くなった。

「え、いや、悪いです！　持ちます、それ」

すでに私よりも重たい荷物を抱えていたというのに、さらに私の分まで持ってくれようとする松之助さんを慌てて止める。

しかし松之助さんは私の申し出に耳を貸さず、軽々とエコバッグを肩にかけた。

「そろそろ仕込みしやんと間に合わんで、さっさと帰るに。じゃあな、竹彦」

そう言って私の腕を掴んだ松之助さんは、竹彦さんに背を向ける。

「ええっ？　ちょっと松之助さん……」

まだそんなに急ぐような時間じゃないのに、どうしたんだろう。弟さんと久しぶりに会ったんだから、もっと話せばいいのに。

戸惑いながらも、突然腕を掴まれたことに心臓が跳ねた私は、松之助さんに引っ張られるまま足を進める。

「……へえ」

あたふたと振り返れば、なにか言いたげな顔をした竹彦さんと目が合った。

「竹彦さん？」

「またね、莉子ちゃん」

しかしそれも一瞬のことで、すぐに笑顔に戻った竹彦さんは、私たちにヒラヒラと手を振る。

さっきの表情にはどんな意味があったのだろう。

もやっと浮かんだ謎は解明されることなく、あっという間に竹彦さんの姿は人混みの中に消えていった。

「松之助さん、あの……」

そんなに急いでどうしたんですか。竹彦さん、なにか言いたそうでしたけど。

そう話しかけようとするものの、斜め前を歩く松之助さんはこちらを向くことなく、石畳の通りをスタスタと進む。

腕を掴まれている私は、そのスピードになんとか小走りでついていく。

そういえば少し前、きくのやさんから電話がかかってきていたな。あのとき、松之助さんは複雑な顔をしていたけれど、いったいどんな用件だったんだろう。竹彦さんの顔を見てバツが悪そうにしていたのは、もしかして……。

「あれ」

ぐるぐると考え事をしていると、不意に松之助さんが立ち止まった。ドンと思いっきりその背中にぶつかる。

「ぎゃっ。す、すみませ――」

「莉子、あそこ」

謝りながら顔を上げれば、松之助さんはある一点を見つめていた。その視線の先を辿る。

おはらい町の中でも、ひときわ多くの人が集まっているそこは、私も訪れたことのある老舗和菓子店『赤福《あかふく》』の本店だ。

伊勢の名物として知られている赤福餅は絶品で、お土産として買って帰る観光客も多い。道を挟んで向かい側の別店舗は喫茶スペースになっており、そちらも人でごった返している。

その人だかりを、屋根の上からじっと見ている神様がいた。笠《かさ》をかぶり赤い着物を身にまとった、ほんの少し幼さの残る顔立ちには、見覚えがある。

「……ヤマさん？」

可愛らしくちょこんとしゃがみ込んでいたヤマさんは、呟くような私の声が聞こえたらしい。キョロキョロと辺りを見回して、私たちの姿を認めると、屋根の上で照れたように笑みを浮かべた。

「ヤマちゃんらしいわねぇ」

今日も開店と同時にやってきたトヨさんは、私たちの話を聞いてケラケラと笑った。

「誰かに見られるなんて思ってなかったので、びっくりしちゃいました。お恥ずかしいです」

トヨさんの隣に座ったヤマさんは、両手でジョッキを持ちながら肩をすくめる。その仕草も、相変わらず可愛らしい。

ヤマさん――『倭姫命《やまとひめのみこと》』がこの店に来てくれたのは二回目だ。

一回目は、バレンタインのとき。まなごさん――『真奈胡神《まなごのかみ》』と作った伊勢うどんを食べてもらうためだけにトヨさんが呼び寄せたのが懐かしい。

「ヤマさんって、この辺りに祀られているんでしたっけ？」

「ええ。内宮と外宮の間に社があります」

トヨさんのお気に入りである唐揚げをカウンターに置きながら問いかけた私に、ヤマさんはコクリと頷く。

「『倭姫宮《やまとひめのみや》』は、別宮の中でも一番新しいところやな。創建されたのは大正時代やから、まだ百年くらい？」

松之助さんはそう言って、ヤマさんに確認するように視線を向ける。

「そうなりますね」

「まだ百年……」

松之助さんとヤマさんの会話に、感覚が麻痺《まひ》しそうになる。

トヨさんの祀られている外宮は千五百年くらいの歴史があるって聞いたことがあるし、まなごさんがヤマさんと出会ったのも二千年前のことだった。だから神様たちの感覚でいくと〝まだ百年〟なのかもしれないけれど、冷静に考えれば〝もう百年経っている〟のほうが適切なような……。

うーんと私が唸っている間にも、トヨさんはゴクゴクとビールを飲んでいて、あっという間にジョッキを空けていた。

「……ていうか、ヤマさんってどういう神様だったっけ」

トヨさんからジョッキを受け取り、おかわりのビールを注ぎながら、ふとひとりで首を傾げる。

まなごさんが想いを寄せている相手で、この辺りに祀られている神様だということは分かっている。だけど、いったいなにをしている神様なのだろう。前にちらっと聞いたことがあるような気がするけれど、さっぱり覚えていない。

「『天照大御神《あまてらすおおみかみ》』の鎮座地を探して歩き回って、内宮を創建したのがヤマさん」

「わっ」

突然、背後から低い声がして、驚いた。振り向けば、すぐ近くに松之助さんが立っていて「ちゃんとビール見とき」と指示が入る。

ち、近いんですけど……！

小さな呟きを聞かれていると思っていなかった私は、二重の意味でドキドキしながらビールに意識を向けた。

「これ、前に説明したことある気がするんやけど」

「あ、あーっと、言われたら思い出しました。その途中でまなごさんと出会ったんでしたっけ」

天照大御神を祀る場所を探して各地を巡った皇女。『倭姫のご巡幸《じゅんこう》』と呼ばれる長い旅の末、伊勢に内宮を創建したのがヤマさんだったはず。

「うん、そう」

おぼろげな記憶をなんとか辿って返事をすると、松之助さんは頷いた。

「そんだけすごいことを成し遂げたのに、ヤマさんを祀る社はずっとなかったらしくて。それを残念に思った人々によって、倭姫宮は建てられたんやって」

「へえ。ヤマさんは伊勢の人たちに愛されてるんですね」

なるほどと相槌をうちながら、ビールと泡の比率が七対三になったのを確認してカウンターに持っていけば、トヨさんは目を輝かせた。

「来た来た。ありがと莉子」

「いえ。あ、ヤマさんもおかわりいかがですか？」

ジョッキが空いていたのを見て声をかけると、ヤマさんは「そうですね」とメニューに視線を向ける。

「ビールもいいけど、今度は違うお酒が飲みたいです。甘くてちょっとさっぱりって感じのおすすめってありますか？」

「おすすめ……。私は梅酒が好きなのでよく飲むんですけど」

甘すぎるかな、と松之助さんに助けを求める。

「梅酒なら、さっき買うてきた塩サイダーで割るのもありやで。夏バテにきくし、さっぱりめやと思う」

「わ、おいしそうですね。それください」

おはらい町で買った塩サイダーは、可愛いラベルの貼られた瓶に入っている。水の入った桶《おけ》にディスプレイされていたのが涼しげで、売り場近くにはカメラを構えている人も多かった。

「ちょっと、そんな珍しいメニューがあるなら教えてくれてもいいじゃない」

当然のごとく食いついたトヨさんは、まだジョッキになみなみとビールが入っているというのに「私も同じのちょうだい！」と手を挙げた。

「よっす、まっちゃん、莉子ちゃん。とりあえずビールよろしく！」

「にゃいにゃい～」

トヨさんに返事をしてふたつのグラスを用意していれば、引き戸がガラッと開く。顔を上げると、常連のおっちゃんたちがごま吉の先導で店に入ってくるところだった。

「いらっしゃ……」

「みなさまご無沙汰しております」

いらっしゃい、といつものように出迎えようとした私たちよりも先に、そう言って席から立ったのはヤマさんだった。

「おお、ヤマちゃん。元気だったかい」

「はい、おかげさまで。このところ猛暑が続いておりますが、みなさまはお変わりなくお過ごしですか。秋風を感じる頃はまだ少し先になりそうですので、くれぐれもご自愛くださいませ」

ヤマさんはおっちゃんたちに深々とお辞儀をして、残暑見舞いの例文のような言葉を口にする。

あまりにも丁寧に挨拶するヤマさんをポカンと口を開けて見つめていた私に、「莉子、面白い顔してるわよ」とトヨさんがツッコミを入れた。

「ヤマさんは、斎王《さいおう》として祭祀《さいし》を行っとった方やでなあ」

「斎王……祭祀……？」

「要するに、神様にお仕えしとったってこと」

首を傾げた私に、松之助さんはそう説明をする。

つまり、神様にお仕えしていたヤマさんは、他の神様たちに対して格別の敬意を払っているということか。

「はい、トヨさんヤマさん、梅酒の塩サイダー割りできたで」

ほうほう、と頷いている間に、注文されていた品はできあがっていたらしい。

おっちゃんたちと一緒に座敷のほうまで行っていたヤマさんは、松之助さんの声を聞いてカウンターに戻ってくる。

「真面目ねえ、ヤマちゃん」

「そんなことないです」

そんな話をしながらトヨさんとヤマさんはグラスをぶつけ合う。カランと氷が音を立てた。

「ん、おいしいわね、これ」

「少ししょっぱいのがいい感じですねえ」

「いいなあ。あとで私も飲みたいです」

ゴクゴクと飲んでいる姿を見て思わず呟いた私に、松之助さんは呆れたような顔をして「座敷のほうにビール持ってって」と指示を出した。

「で、話戻すけどさ」

おっちゃんたちにビールを出してカウンターの中に戻ると、松之助さんがトヨさんから空いたグラスを受け取りながらヤマさんに話しかけているところだった。

「ヤマさんはあんなところでなにしとったん？」

『あんなところ』というのは、夕方ヤマさんがいた場所――赤福の屋根の上のことだろう。確かに、あんなに高いところにのぼってなにをしていたのか引っかかる。

「言われてみれば、そうね。なにしてたの？」

私と松之助さん同様、トヨさんも興味津々な様子でヤマさんに顔を向けた。

「……え、えーっと」

対してヤマさんは、少し照れたような、恥ずかしそうな、困ったような笑顔を浮かべる。

あまり言いたくないことだったかな、とその表情から読み取ってみるものの、気になるものは気になる。

しばらくためらっていたヤマさんは、私たちの視線に耐えられなくなったようで、観念したように口を開いた。

「みなさんは、『赤福氷《あかふくごおり》』というものを知っていますか？」

「赤福……氷？」

そう言って首を傾げたのは、私ひとり。松之助さんとトヨさんは知っていたらしく「ああ」と頷いている。

「赤福氷っていったら、期間限定の超人気商品、夏の伊勢の風物詩じゃないの！」

「そうなんですか？」

興奮したように身を乗り出したトヨさんは、またも勝手に私のスマホをいじりながら語りだした。

「莉子って、そういうのにほんと疎いわね〜。インスタ見てよ、投稿がすごく多いから」

「どれどれ」

じゃん、と見せられたスマホの画面。例のごとく、写真や動画を投稿できるＳＮＳのアプリが開かれていて、すでに【#赤福氷】と検索してある。ずらっと並んだ投稿にはどれも、緑色の大きなカキ氷が写っていた。

「抹茶味のカキ氷ですか？」

「これな、ふわっふわの氷の中に特製の餅とあんこが入っとるんやで」

「ふ、ふわっふわ……って、松之助さんの口から出てきた言葉にしては可愛すぎませんか？」

茶化すように言えば、チョップが飛んでくる。調子に乗りました、すみません。

「一度食べてみたいと思ってたのよね、これ。インスタ映えするフォルムしてるわ」

「トヨさんのそれは、食べてみたいというより投稿したいって感じでは……？」

「そうとも言うわね」

ケラケラと笑って、トヨさんはビールを煽る。相変わらずの姿に呆れつつも、じっとスマホを見つめたままのヤマさんに声をかけた。

「それで、ヤマさんは赤福氷が食べたくて、あんなところから眺めてたんですか?」

「うーんと、それもあるんですけど」

私の質問に、ヤマさんはまた困ったような笑顔を浮かべる。

言いよどんでいるのを不思議に思いながら待っていれば、「笑わないでくださいね」と前置きをして、こう答えた。

「女子会なるものに、ちょっと興味がありまして」

……それはまた、どういった理由で。

余計に首を傾げる羽目になった私の隣で、松之助さんはどこか納得したように目を伏せた。

「ヤマさんが旅に出たんって、十一歳のときやったっけ」

「ええ、まあ、そのくらいでしたかね」

十一歳って、今でいえば小学校五年生か六年生だ。そんな年齢のときに神様の鎮座地を探す旅に出たなんてびっくりだ。

ポカンと口を開けた私をさらなる衝撃が襲う。

「それからずっと神様にお仕えしていたので、友だちと話をしたり、キャピキャピ遊んだりって、あまり経験がなくて」

ヤマさんは、その生涯を神様に捧《ささ》げていたのだろう。だからこそ、みんなで浴衣をレンタルして、自撮り棒を持っておはらい町を歩いて、疲れたら近くのお店で休憩して、たわいもない話をする。そんな女の子たちの姿がまぶしく映っているのかもしれない。

「だから少し気になっていたというか――」

「じゃあ、やるわよ」

ヤマさんの話を遮ったのは、トヨさんだった。いや、この話の流れで言いださないはずがない。

「女子会、やろうじゃないの」

ガッツポーズつきで宣言したトヨさんに、私と松之助さんは「やっぱりか」と顔を見合わせたのだった。

翌日、朝九時。すでにのぼってきている太陽の光を浴びながら、私はヤマさんとトヨさんを引き連れて、石畳の上を歩いていた。

目指すはおはらい町のど真ん中、赤福のお店である。

「この時間だと、まだそんなに人がいないですね」

ポツポツと人の姿は見えるけれど、まだお昼ほどの賑わいではないのが新鮮だ。

そんな感情を抱きながら隣を見ると、トヨさんは唇を尖《とが》らせた。

「確かに静かね。ところで莉子、なんでスマホを貸してくれないのよ」

「周りに、私は通話中だと思ってもらうためです」

スマホを耳に当てながら返事をした私に、トヨさんは不満げに眉を寄せた。

しかし、こればかりは譲れない。私には神様たちの姿が見えているけれど、他の人には目視できない。もちろん、声も聞こえていない。つまり、〝通話中アピール〟を常にしておかないと、私は独り言が大きいヤバいヤツになってしまうのだ。

以前、シナのおっちゃんと朔日餅《ついたちもち》を買いに並んだとき、ヤバいヤツになりかけたこともある。いくら今、辺りに人がほとんどいないといっても油断はできない。

「でもトヨさん、本当によかったんですか？　参拝時間、もう始まっちゃってますけど」

心配そうに尋ねたのはヤマさんだ。

「いいのよ。一日くらい遅刻したってバチ当たらないでしょ」

ヤマさんからしてみれば、女子会に興味がある自分にわざわざ付き合ってもらっている、という感覚なんだろうけれど、それは違うと私は断言できる。トヨさんが来たかっただけだ。

「そう言って早退したり遅刻したり休んだりしてるの、もう何回も見た気がしますけど」

「なんのこと？」

ぼそっと呟いた私に、トヨさんはとぼけてみせた。

まあ、さらに言ってしまえば、ヤマさんが昨日の夕方おはらい町にいたというのも、参拝時間が夜七時までだということを考えればおかしな話だけれど。

そうこうしているうちに、目的地に到着する。

ちゃんと営業しているだろうかと少し不安だったけれど、昨日のうちに調べたホームページに記載されていた通り、雨戸は開け放たれていて、店員さんの姿も見える。

「着きましたね、莉子ちゃん。注文よろしくお願いします」

ヤマさんはソワソワした様子でお店の中を見渡している。

私は耳に当てていたスマホをいったん離して、レジに立つ店員さんに声をかけた。

「赤福氷、ひとつください」

朝一番、この観光地にひとりでやってきた（ように見える）二十四歳女性。

店員さんは私を見て、いろいろと想像したのだろう。お金を払ってレシートを受け取ったとき、なにかを察したように温かい笑顔を向けてくれた。

「あー、この子失恋でもしたのかな……ってところかしら」

「大丈夫ですよ、伊勢はいいところだからリフレッシュできますよ……って感じにもとれますね」

トヨさんとヤマさんは周りに声が聞こえていないのをいいことに、店員さんの笑顔にアテレコして遊んでいる。

「できましたら番号でお呼びいたします」

「あ、はい」

店員さんの言葉に頷いて、番号札を受け取った。そのまま店の奥まで進み、隅っこのほうの一番目立たなさそうなところに腰を下ろす。

私たち以外に三組のお客さんがいたけれど、特に注目されることもなかった。一番近くに座っているご婦人たちのグループは、旦那さんの愚痴で盛り上がっているようだ。

「本当はもう少し賑わっている時間帯に来たかったですけど、ワクワクしますね」

キョロキョロと店の中を見回しながら、ヤマさんは興奮したように「店員さんの服も可愛い」と目を輝かせている。

「そうねえ。あ、ところで莉子、女子会って、そもそもどういうことをするの？」

ヤマさんとトヨさんの会話に参加すべく、私はスマホを耳に当てて、通話中アピールを再開する。

「改めて聞かれると、答えるのが難しいですけど……。そうだなあ、おいしいものの食べて写真撮って、近況報告する感じですかね」

友だちとの女子会を思い浮かべながら説明すると、トヨさんは「近況報告って？」と首を傾げた。

「仕事の愚痴とか、共通の友だちの話とか、彼氏とどうなってるとか……かなあ」

「えー、それってもう、松之助のとこで毎日話してるじゃないの。もうちょっと特別感が欲しいわねえ」

面白くなさそうに口を尖らせたトヨさんに、ヤマさんが「まあまあ」と声をかける。

『特別感』と言われても、と苦笑を浮かべていれば、店員さんが私の番号を呼んだ。

「お待たせしました」

「ありがとうございます」

スマホを耳から離しながら、丸くて茶色い木製のお盆を受け取る。

「来た来た」

「わあああ、大きいですね！」

両隣に座っていたトヨさんとヤマさんは、私が持つお盆に乗っている赤福氷を見て、歓声を上げた。

白っぽい器にこれでもかと盛りつけられた赤福氷は、山のようなフォルムをしている。

「ちょっと莉子、まず写真撮ってくれない？　角度は……そうねえ、なるべくドーンって感じが出るようにこの辺りから。で、このカメラじゃなくて、フォトジェニックに加工できるほうのアプリで……」

トヨさんはそう言いながら、細かく角度をチェックする。

『フォトジェニック』という言葉をトヨさんに教えたのは私だけれど、熱心に指導してくるトヨさんに、『どんな写真でも見映えなんてそう変わらないでしょ』とツッコミを入れたくなった。

「もう、トヨさんったら。早く食べないと溶けちゃうじゃないですか」

「あ、待ってヤマちゃん！」

何枚も写真を撮らされている間にヤマさんがスプーンに手を伸ばしたものだから、トヨさんが慌ててストップをかけた。トヨさんとしてはまだ写真に満足できていないから制止したんだろうけれど、私としても止めてもらえたのはありがたい。

「そうです、ダメです。ヤマさんがスプーン持ったら……」

他の人たちには姿が見えていないんだから、スプーンが浮いてるように見えちゃいますよ。

そう言葉を続けようとして、我に返る。

……通話中アピールするの、忘れてた。

赤福氷を撮るのにスマホを使っているから、私の耳には今なにも当てていない。つまり、この状況を他の人に目撃されていたら、独り言が大きいヤバいヤツに認定されてしまう。

サッと耳にスマホを当てて再び通話中アピールをしながら、チラリと周りを確認する。幸い、こちらを向いている人はおらず、ご婦人たちのグループも腰痛にはどの病院がいいかという話題で盛り上がっていて、ホッと安堵《あんど》した。

「なによお。まだちゃんと撮れてないのに」

「いっぱい写真撮ったじゃないですか。それに、これを耳に当ててないと、トヨさんたちと話せないですし」

不服そうなトヨさんをなだめてから、ようやくスプーンを手に取る。

スプーンを突き刺せば、柔らかそうな氷がサクッと音を立てた。

「莉子ちゃん、それ……」

早く食べてみたい。分かりやすく顔にそう書いてあるヤマさんに、赤福氷をすくったスプーンを向ける。

「はい、どうぞ」

私が向けたスプーンを見て、ヤマさんは目を輝かせた。嬉しそうに髪を耳にかけながら、口を大きく開いてぱくっとひと口食べる。

「んん！」

「どうどう？　おいしい？」

その質問にヤマさんが何度も頷くのを見て、トヨさんは「私もちょうだい」と手を挙げた。

同じようにスプーンですくってトヨさんの口へ運ぶ。

「これは行列ができるのも納得ね」

「私もついでに、いただきます」

私もひと口食べてみる。

舌の上に乗っかった氷は細かく削られていて、シャリシャリふわふわしている。口に入れた瞬間、シュンと溶けていった。たっぷりとかかっている抹茶蜜は、しっかり甘いけれど後味はすっきりしている。

「お、おいしい……」

「莉子ちゃん、もうひと口ください」

そう言って口を開けたヤマさん、それに続いて口を開けたトヨさん、そして私という順番で抹茶味の氷に舌鼓をうつ。

しばらく夢中で食べていると、氷の下からこしあんが出てきた。

「あら、あんこが出てきたわね」

「そのうち、特製のお餅も出てくるんじゃないですか？　あ、ほら、見えた」

ヤマさんの言う通り、もう少し掘り進めてみれば、白いお餅がひょっこり顔を出した。こしあんとお餅と抹茶味の氷が一緒にスプーンに乗るように調整して、ぱくっと一気に食べる。

こしあんはどっしりとしているけれど上品な甘さで、抹茶蜜の爽やかな甘さと絶妙にマッチしている。さらに、柔らかくてもっちりしたお餅とシャリシャリふわふわの氷が、お互いの食感を引き立て合っていた。

「なにこれ、幸せすぎる……」

さすが、夏の伊勢の超人気商品。最初運ばれてきたときは大きいなと思ったけれど、これはぺろっと完食してしまえる。

「もちもちね、このお餅」

「ん～、美味ですね」

トヨさんもヤマさんも、そのおいしさに顔をほころばせていた。

「……ところで莉子ちゃん」

ヤマさんがぽつりと口を開いたのは、ぱくぱくと赤福氷を食べ続け、器の底が見え始めたときだった。

なんだろう、と顔を上げれば、ヤマさんは嬉しそうに問いかける。

「最近、松之助くんとはどうなんですか？」

「ごふっ」

思いっきりむせた私に、周りの人たちの視線が集まる。

一番近くに座っているご婦人たちのグループが「あらあら大丈夫かしら」と心配してくれているのを耳にしながら、私はお茶をすすった。

赤福氷と一緒にお盆に乗っていたお茶は人肌よりも温かく、甘くなった口の中を優しく溶かしてくれる。

はあ、と呼吸を整えてから、スマホを耳に当て直した。

「どう、……とは？」

至って冷静に聞き返したけれど、心臓はドキドキと音を立てている。

そんな私をよそに、ヤマさんはにっこり笑って首を傾げた。

「せっかくの女子会なんだし、普段できない話をしたいなって思って。お付き合いしてるんでしょう？」

「え！　そうなの？」

「し、してないしてない！　お付き合いしてないです、なんでそうなるんですか！」

ヤマさんの勘違いに食いついて、肩を掴んできたトヨさんに勢いのまま首を横に振る。

そんな私の反応に、「ええっ」と驚いてみせたのはヤマさんだ。

「お付き合いしてないんですか？　ひとつ屋根の下で寝食を共にしているというのに？」

「いや確かに一緒に住んではいますけど、私も松之助さんも大抵自分の部屋にいますし」

声が大きくなりすぎないように注意しながら、事実を述べる。

「てっきりお付き合いしてるものだと思ってました」とどこか残念そうにヤマさんが言う隣で、トヨさんが口を開く。

「やることやってんじゃないの？　酔った勢いでチューしちゃったことくらいはあるでしょ？」

「ないです！　ていうか、そういう話はせめてオブラートに包んでください！」

全力で否定した私に、トヨさんは「えー」とつまらなさそうな声を上げた。

一方でヤマさんは「はわわわ」と顔を両手で覆っている。ちらっと見えた頬は真っ赤に染まっていた。

「わ、私そういう話には耐性がなくてですね……」

「そんな赤くなるような話だったかしら」

恥ずかしそうにしているヤマさんと、あっけらかんとしているトヨさん。対照的な二柱の反応に、ふと疑問が生じた。

「そういえば神様たちの恋愛事情って、どうなってるんですか？」

シナのおっちゃんみたいに奥さんがいたり、まなごさんみたいに想いを寄せている相手がいたり、というのは聞いたことがあるけれど、ガールズトーク的なことはしたことがない。

私たち人間みたいに、誰と誰が付き合ってるだとか、もうすぐ結婚しそうだとか、そういうのってあるんだろうか。

「基本的には人間の恋愛とそんなに変わらないわよ」

私の質問にそう答えてくれたのはトヨさんだった。その隣でヤマさんもまだ赤い頬を冷ますように手でパタパタと仰ぎながら、頷いている。

「それじゃあ、トヨさんはこれまでどんな恋愛をされてきたんですか？」

思いついて聞いてみれば、トヨさんは人差し指を顎に当てて、考えるように視線を宙に投げた。

「んー、ノーコメントで」

「ええ？」

あっさりと言い放ったトヨさんに、抗議の意を含めて声を上げる。そんな私をくすっと笑って、トヨさんはこう付け足した。

「女は謎が多いほうが魅力的でしょ」

……これは、なかなかやり手なのかもしれない。

いつもは酔っ払ってグダグダしているトヨさんの、意外な一面が垣間見えた気がする。もう少し掘り下げて聞いてみたい気持ちと、これ以上聞くとトヨさんのイメージが変わりそうだと思う気持ちがせめぎ合いを起こしていた。

どうしようかとヤマさんを見てみれば、ヤマさんはヤマさんで顔をさらに赤くしていた。

「ヤマさんはピュアなんですね」

あまりの初心《うぶ》さにぽつりと呟くと、ヤマさんは「いやあ」と両頬を手で挟んだ。

「生前は仕事で頭がいっぱいだったから、浮いた話とは本当に無縁でして……」

「そうなんですか？　見た目も仕草も可愛らしいし、癒し系だし、ヤマさんってモテそうですけど」

まなごさんみたいに、ヤマさんに想いを寄せている方もいるんじゃないのかな。そう思って言ってみたけれど「そんなことないです」とヤマさんは首を振る。

「じゃあ、好きな人とかは？　いたことありますか？」

質問を重ねた私に、ヤマさんは困ったような笑みを浮かべた。

「それが、誰かを好きになるという感覚がいまいち分からなくて。どういう気持ちになるんですかね」

「会いたいな、ぎゅってしたいな、とか思ったらじゃない？」

淡々と発言したのはトヨさんで、それを聞いたヤマさんはまた「ぎゅって、破廉恥《はれんち》です～」と照れていた。

私も大した恋愛経験があるわけじゃないけれど、ここまで純粋なのも珍しい。新鮮なその反応をもう少し見たくて、私はもうひとつ質問した。

「ヤマさん、理想のタイプは？　こういう相手がいいなあとか、そういうのありますか？」

「理想……ですか」

ふう、と気持ちを落ち着かせるように息を吐いて、ヤマさんは「そうですね」と呟いた。かと思えば、突然「あ！」と声を発する。

「なになに、どうしたの」

「あります、理想のタイプ。こういう方がいいなあっていうの」

首を傾げたトヨさんに、ヤマさんはピシッと手を挙げた。ようやくヤマさんの恋愛観に迫れそうな雰囲気に、私とトヨさんは揃って続きを促す。

そんな私たちに、ヤマさんは声をひそめて教えてくれた。

「品があって、気高くて、雅で奥ゆかしい、天照大御神様のような方がいいです」

「……うん？」

天照大御神……って、内宮に祀られている、日本の最高神のことだよね。

想像していたのと違う方向から返ってきた答えに、私の思考は一瞬停止した。

「とっても素敵な方なんです、天照大御神様。いつお会いしても美しくて、お優しくて、私のことを気遣ってくださって。お話した日の夜は眠れなくなるくらいです。あああ、そういえば一度手を握ってくださったことがあったんですけれど、もう本当に柔らかくて温かくて、いい匂いがしたんです。あのときは三日くらい手を洗うことができませんでした。はっ、そうだ、あのときも……」

ぽうっと頬を染めて話すヤマさんの視界から、私とトヨさんは消えていただろう。完全に自分の世界へ行ってしまったヤマさんは、恋する乙女というよりもアイドルの追っかけをしている熱狂的なファンのようだ。

「……そういや、そうだったわ」

「え？」

トヨさんがぼそっと落とした言葉を聞き返す。

「確かにヤマちゃんって可愛くて、癒し系で、真面目で芯のあるいい子だし、鎮座地求めて各地を歩き回るくらい強い信念のある子なんだけど……」

その偉業を成し遂げることができたのは、きっと深い信仰心があってこそだろう。

一度火がついたら止まらないマシンガントークは、その表れに違いない。

「すんごい神様オタクなのよ、あの子」

いまだこちらの世界に帰ってきていないヤマさんを見て、トヨさんは苦笑しながらそう言った。


「そろそろ行きましょうか」

赤福氷を食べ終えて周りを見回せば、私たちが来たときには三組しかいなかったお客さんの数がどっと増えて、賑やかさを増していた。

私たちが席を立てば、ちょうどそのタイミングで入ってきた家族連れが「あそこ座ろうか」と指を差す。

家族連れに軽く会釈をしながら店を出ると、おはらい町にはたくさんの人が行き交っていた。

――ミーンミン。

どこかで鳴いたセミの声が人々の話し声にかき消されていく。

「莉子ちゃん、トヨさん」

笠をかぶりながら、ヤマさんが私たちの名前を呼ぶ。改まった口ぶりに背筋を伸ばせば、ヤマさんはにこりと微笑んだ。

「夢が叶《かな》って、今日は楽しかったです。本当にありがとう」

ゆっくりと頭を下げたヤマさんに、私は「そんなそんな」と首を振る。

「えー、ヤマちゃん、もう帰るの？」

「なに言ってるんですか、トヨさんも一緒に帰るんですよ。とっくに参拝時間は始まってますから」

まだ遊びたそうなトヨさんに、ヤマさんは呆れたような視線を向ける。

「こちらこそありがとうございました。またお店のほうにもいらしてください」

「うん、そうします」

私の言葉に頷いたヤマさんは「じゃあまた」と大きく手を振って、トヨさんを引きずるようにしながら人混みの中へ消えていった。

その後ろ姿を見送ってから、耳に当てていたスマホを離し、通話中アピールを終了する。

「そしたら私も店に――」

「なるほどなあ」

店に戻ろうと踵《きびす》を返したときだった。隣からそんな声が降ってきて、慌てて顔を上げる。

「おはよう莉子ちゃん。昨日ぶりやな」

そこに立っていたのは、松之助さんの弟——竹彦さんだった。

「竹彦さん！」

いつからそこに立っていたのだろう。トヨさんとヤマさんとお話するのに夢中で、まったく気づかなかった。それにしても、二日連続でお会いすることになるとは。

いろんなことに驚いている私に、竹彦さんは笑みを浮かべた。

「奇遇ですね。お買い物ですか？」

「うん。まあ、そんなとこかな」

肩にかかっているエコバッグを見て問いかけると、竹彦さんは頷く。

「莉子ちゃんは、……誰と一緒に来たん？」

一瞬、息が止まった。

まるで私が誰かと一緒に来ていたことを知っているかのような口調だ。竹彦さんの視線は、さっきトヨさんとヤマさんが消えていったほうを向いている。

もしかして、竹彦さんも〝見える〟人なのだろうか。

「……えっと」

言いよどんだ私を見て、竹彦さんは「ああ」と声を上げる。

「意地悪な聞き方してごめん。莉子ちゃんの様子から、なんとなくそうかなって」

「そう、っていうのは……」

「神様」

竹彦さんは、はっきりと言葉にした。

誰かに聞かれていたら相当ヤバい会話だけれど、ざわざわと賑やかなおはらい町で、私たちふたりを気にする人はいない。

「僕には全然見えやんのやけど、松之助が昔からよく言うてたから。そういう類のことは信じとるで、安心して」

以前、松之助さんから聞いたことがある。

生まれたときから〝見える〟体質だったことで、ご両親から気味悪がられていたこと。必要最低限のことしか話さず、疎遠だったということ。それでも理解してくれる人や認めてくれる人がいたから、道を踏み外さずに大人になれたということ。

「うちの両親は松之助のこと、どう扱ったらいいんか分からんくて距離を置くことも多かったんやけどさ。僕からすれば、松之助の話ってすごい魅力的で面白くて。みんなに見えとらんものが見えるって、すごい羨ましかったんさな」

弟である竹彦さんは、松之助さんの体質のよき理解者だったのだろう。

とても楽しそうに松之助さんのことを話す竹彦さんを見て、なんとなくそう思った。

「まあ結局、分かってもらいにくい体質やから、松之助のほうからも人と距離を置きがちになってしもたんやけどさ。やからこそ僕はずっと、莉子ちゃんに会ってみたかったん」

「……へ？」

突然出てきた自分の名前に、驚いて間抜けな声が出た。そんな私に竹彦さんは笑顔を向ける。

「あの松之助が人を雇うなんて、しかも女の子やで？　もうそれだけでも世紀の大ニュースやのに、この前松之助が実家帰ってきたときにその話振ってみたら、明るい顔しとったからさあ。どんな子なんやろって、気になっとって」

「は、はあ……」

竹彦さんの勢いに圧倒されて、そう相槌をうつのがやっとだった。しかし竹彦さんは、お構いなしといった様子で話を続ける。

「会わせてってずっと松之助に言っとったんやけど、全然会わせてくれやんからさ、自分で店まで行って確かめたろと思って。本当は昨日おはらい町で会ったんも、店に向かっとる途中やったん」

まあ莉子ちゃんにも会えたし、松之助の面白いところも見れたで結果オーライやったけど、と竹彦さんは満足げに頷いた。

松之助さんの面白いところ……なんてあっただろうか。

昨日のやりとりを思い返していれば、竹彦さんはハッとしたように口元を押さえた。

「あ、ごめん。ベラベラしゃべってしもた。莉子ちゃん帰るとこやったのに、引き留めて」

「いえ、そんな」

謝る竹彦さんに首を振る。

じゃあ、と互いに一歩を踏み出しかけたとき、思い出したように竹彦さんが口を開いた。

「そうや、莉子ちゃん」

「はい？」

なんだろう、と振り向けば、竹彦さんは少し迷ったように頭をかいて「えーっと」と呟く。

「松之助にさ、伝えといてくれやん？」

じりじりと照りつける太陽と、人々の熱気。かすかに聞こえてくるのは、ぱしゃりと店先に打ち水をする音。

おでこにかいた汗をぬぐって首を傾げた私に、竹彦さんは困ったような笑顔を浮かべながらこう言った。

「きくのやに戻ってくる話、どうするか考えときって」

——ミーンミン。

人々の話し声にかき消されていたセミの声が、今はくっきりと聞こえる。「もちろんそのときは、莉子ちゃんとか居酒屋で働いとる人たちも一緒に来てもらっていいし、その辺の保障はするからさ」と続けて話していた竹彦さんの言葉はぼやぼやと遠ざかった。

生ぬるい八月の風は、思わぬ嵐を引き連れてきていた。

三杯目　ごま吉の恩返し

『そういや最近ね、転職サイトに登録したの』

まだまだ暑さの残る九月。会社のお昼休みを利用して電話をくれたのは、大学時代の友人である葉月だった。

「えっ、転職って……なにかあったの？　大丈夫？」

隣の部屋で寝ている松之助さんを起こさないように声のトーンを落としながら、そっと自室を出る。

クーラーのきいていない二階の廊下はむわりと暑く、涼しさを求めるように、少し傾斜のきつい階段を下りた。

『いや、莉子がいた会社ほどブラックってわけでもないんだけど。この前の人事で、課長が新しい人になって職場の雰囲気変わっちゃって。今までけっこうゆるくて楽しい感じだったのに、きっちりかっちりみたいなのになっちゃってね。おまけに、私がすごい頼りにしてた先輩が異動になっちゃったんだよね』

「わ、それ、ちょっとしんどいね」

『でしょ。今までその先輩がいてくれたから、だましだまし続けられてたんだけど、仕事にやりがいとか感じないし、新しい課長とも合わないし、もっと向いてる仕事があるんじゃ……とか考えだしたら止まらなくて』

はあ、と重いため息が電話の向こうから聞こえてくる。

いつもはサバサバしている葉月がこういう話をするのは珍しい。相当参っているのだろう。

『めちゃくちゃ嫌になったってわけでもないんだけど、このままずっとこの会社にいるのは無理だなって思って、とりあえず登録してみた感じ』

「なるほどねぇ」

一階に下りて、お店スペースの隅に置かれた扇風機のスイッチを入れる。

カラカラと年季の入った音を立てて回りだした扇風機の前を陣取るようにしゃがみ込めば、寝ぼけ眼《まなこ》のごま吉が「にゃい～」とすり寄ってきた。

「じゃあ、まだ本格的に履歴書出したり面接受けたりはしてないんだね」

『うん。ただ、今の会社にそこまで思い入れとかないから、スパッと辞める心の準備だけはできてる』

「さすが葉月……って、まあ私も前の会社を三カ月で辞めてるし、人のこと言えないけど」

ごま吉の頭をこちょこちょと撫でながら、苦笑いを浮かべる。

『それね！　莉子が会社を辞めたって聞いたときは見切りつけるの早いなって思ったけど、意外とそういうものなのかも。よっぽど会社に恩を感じてるとかだったら別だろうけど』

「あと、給料がめちゃくちゃいいとかね」

『分かる。やっぱお金って強い』

そう言って葉月はケラケラと笑った。

ふと視線を落とすと、いつの間にかキュキュ丸たちも扇風機の前に集まってきている。少しでも風に当たろうと、ごま吉の背中に乗っかって飛び跳ねている。

『そういうわけで、またいろいろと転職の極意を教えてって言うかも』

「あ、うん。……半年くらい再就職できなくて最終的に神頼みだった私の話が参考になるかは分からないけど」

ぼそっと付け足した私に、葉月は『反面教師にさせてもらうわ』と笑って電話を切った。


「へえ、転職か」

開店準備をしながら葉月との電話のことを話せば、松之助さんはそう呟いた。

時刻は、もうすぐ夕方六時。九月になって伊勢神宮の参拝時間は一時間短くなったため、カウンターの上をキュキュ丸たちがせわしなく走っている。

「無理やなって思っとるところで無理して仕事を続けるより、違うところでやってみるっていうのはええんちゃう？　その会社におり続けやなあかんっていう決まりはないんやし」

グツグツと沸騰してきた鍋の火を止めた松之助さんに、「ですよね」と頷きを返す。

「松之助さんは転職、考えたことありますか？」

カウンター席の椅子を並べながら、何気なく質問した直後に、竹彦さんの顔が浮かんだ。

『きくのやに戻ってくる話、どうするか考えときって』

ヤマさんとトヨさんと女子会をしたあと、おはらい町で竹彦さんから聞いた話を、私は松之助さんにいまだ伝えられずにいた。

深く考えずに転職の話題を出してしまったけど、これでもし、現在進行形で考えてるとか言われたらどうしよう。え、ちょっと待って。心の準備できてない。

「あ、や、やっぱりいいです、暖簾出してきます！」

「……お、おお」

急に早口で宣言した私に、若干引き気味の声が返ってきたけれど、気にしている余裕はなかった。ガラッと勢いよく引き戸を開けて店の外に出ると、「ぎにゃっ」とごま吉がびっくりしたように声を上げる。

「あ、ごめん、ごま吉」

紺色の長暖簾を出して、赤提灯のスイッチを入れながら平謝りをした私に、ごま吉はじっとりとした視線を送ってきた。

「ごめんって。煮干しあげるから拗《す》ねないで」

「にゃ」

煮干しという単語を聞いてコロッと機嫌をよくしたごま吉に、「ちょろすぎない？」と苦笑する。

「そんなに煮干し好きなの？」

「にゃい」

「安上がりだなあ、ごま吉は」

しゃがみ込んでその頭を撫でれば、ごま吉はゴロゴロと喉を鳴らした。

「あ、莉子〜、ごま吉〜」

そんな声に顔を上げると、トヨさんがブンブンと手を振りながらこちらへやってくるところだった。

「トヨさん。いらっしゃい」

「にゃいにゃい」

「あら、なんかごま吉、上機嫌じゃない？」

多分それ、さっき煮干しをあげる約束をしたからだと思います。

心の中で返事をしながら引き戸を開ける。

トヨさんとごま吉と一緒に店の中へ入ると、鳩時計《はとどけい》が鳴いている途中だった。開店と同時に現れるとは。今日も今日とて、トヨさんはフライング退勤してきたのだろう。

「いらっしゃい、トヨさん」

「松之助、とりあえずビールちょうだい！」

相変わらずのトヨさんに呆れながら、私はカウンターの中に戻って煮干しの入った袋を取り出した。

「……それ、ごま吉に？」

隣でトヨさんのビールを注いでいた松之助さんが、私の手元を不思議そうに覗いてくる。

「ちょっといろいろありまして、お詫《わ》びの煮干しです」

「いろいろ？」

「にゃにゃ」

トヨさんの隣のカウンター席によじ登ったごま吉は、首を傾げた松之助さんにドヤ顔を返している。

「はい、ごま吉。これで許してね」

いつものように小皿に煮干しを並べてカウンターに置けば、ごま吉は目を輝かせた。

「にゃ」

機嫌よく返事をしたごま吉は、さっそく煮干しにかぶりつく。

ほどなくして、トヨさんの前にビールが置かれる。

好物を目の前にしたトヨさんとごま吉は、揃って至福の笑みを浮かべていた。

「ところで莉子、さっきの転職の話やけどさ」

「えっ」

完全に気を抜いてた……。

もう終わったと思っていた話題を再び出してきた松之助さんに、ギクッと肩が跳ねる。

「トヨさんが詳しいんちゃう？」

「……トヨさん？」

なにを言われるのだろうとビクビクしていた私の耳に入ってきたのは、予想外の言葉。

思わず聞き返すと、「私がなに？」とトヨさんも顔を上げる。

「莉子の友だちが転職考えとるって話。さっきふたりでしとったんやけど、就職とか仕事関係のことはトヨさんが詳しいやろなって思って」

言われてみればそうだ。確かトヨさんは、衣食住をはじめ、産業の守り神として祀られている神様だったような。そもそも私がここで働くきっかけを作ってくれたのもトヨさんだったし、人々の生活全般に関わることであれば詳しそうだ。

「へえ、そうなの。そしたら、その友だちも伊勢に呼んじゃえば？　この店の従業員に転職したらいいんじゃない？」

「えっ」

なにか助言でも、と一瞬淡い期待を抱いた私は、予想の斜め上をいったトヨさんに驚きの声を上げた。

「面白そうじゃない？　もっと賑やかになって楽しくなると思うんだけど」

「いやいやトヨさん、儲《もう》かっとらんわけじゃないけど、さすがにもうひとり雇うほどの余裕はないわ」

松之助さんがそう言って首を横に振ると、トヨさんはつまらなさそうに唇を尖らす。

「え〜、それじゃあ誰かと入れ替わりにしたら？　ほら、ごま吉に退職してもらえばいいんじゃない？」

「う、にゃ!?」

まさか自分の名前が出てくると思っていなかったのだろう。それまで満足そうに煮干しをかじっていたごま吉は、全身の毛を逆立てた。

「だって、あんた大した働きしてないじゃないの。たまに店の前で寝てたり水遊びしてたりするし、いつお役御免されてもおかしくないわよ」

「にゃ、にゃ、にゃにゃにゃい！」

ごま吉はカウンターに飛び乗って、短い前足でトヨさんの口を塞ごうとぴょこぴょこ奮闘している。そのたびに毛が落ちるのか、キュキュ丸たちが大慌てでごま吉の周りを掃除していく。

「ごま吉ぃ……」

その様子を見て、松之助さんは呆れたように笑っていた。

「ま、退職どうこうっていうのは冗談だけど」

ひと通りごま吉をいじって満足したのか、トヨさんはグイッとビールを飲み干す。

「いや、トヨさんが言うと冗談に聞こえないです……」

「……にゃ」

私の呟きに、同意したようにごま吉が鳴いた。私が空いたジョッキをトヨさんから受け取っている間にのそのそと椅子の上に戻ると、まだ残っていた煮干しに前足を伸ばす。

「ていうか、そもそもごま吉の雇用形態ってどうなってるんですか？」

おかわりのビールを用意しながら、ふと浮かんだ疑問を口にする。

毎日客引きをしてくれているし、その対価として煮干しをあげているのも知っているけれど、ごま吉は従業員というカウントになるのだろうか。

「雇用形態もなにも……。あえて言うなら、日給が煮干し五匹のアルバイトってとこちゃう？」

そう答えた松之助さんに、ごま吉が「にゃ」と頷く。

「一日働いて煮干し五匹って、ごま吉はそれで満足なの？　どこのブラック企業よりも待遇悪いよ？」

「言うやないか」

「いてっ」

容赦なく飛んできた松之助さんのチョップを受けた。

頭をさすりながらごま吉を見れば、頬いっぱいに煮干しを詰めて、もごもごと口を動かしている。さすがに詰め込みすぎじゃないかと苦笑する私に、ごま吉は口の中のものを全部飲み込んでから、身を乗り出した。

「にゃいにゃいにゃ、にゃにゃ」

「え、なに？　なんて？」

なにか伝えたそうに鳴くごま吉に、私は首を傾げる。

「にゃあにゃん、にゃにゃ」

「……ごめん、全然分かんない」

なんて言ってるんだろう、と助けを求めるように隣を見るけれど、松之助さんも「さあ」と肩をすくめた。

いつになく饒舌《じょうぜつ》なごま吉は、そんな私たちの様子を気に留めることなく「にゃあにゃ、にゃ」と話を続けている。

どうしたものかと息を吐いたときだった。

「松之助、アレちょうだい」

それまでジョッキに口をつけていたトヨさんが、不意に顔を上げた。

「アレ？　なにに使うん」

「いいから、いいから」

松之助さんが眉間に皺を寄せたけれど、トヨさんは特に気にした様子もなく「お願い」と両手を合わせる。

仕方なさそうに動きだした松之助さんを横目に、私は問いかけた。

「……アレって？」

私の質問に、トヨさんはにんまりと笑顔を浮かべる。

あまりにも楽しそうだから、トヨさんの大好物である唐揚げのことでも言っているのかと思えば、隣で松之助さんはお酒の準備を始めた。

「莉子も飲んだことがあるお酒よ」

「え？」

ポカンと口を開けた私の前、カウンターの上に置かれた小さなグラスには、見覚えがある。

どこで見たんだっけ。まあ、この店のグラスなんだし、洗うときとか片付けのときとかにでも目にしたのかな。

そんなふうに記憶を辿っているうち、トヨさんは腕まくりをしてからその小さなグラスを両手で包み込む。そしてなにやらブツブツと呪文のようなものを唱え始めた。

「え、なにしてるんですか、トヨさん……」

お酒がぬるくなってしまうのでは、と心配して声をかけた私に、トヨさんはケロッとした顔で答える。

「私の力を込めてたの」

「へ」

思わず漏れた間抜けな声。

お酒に力を込めていたって……それ、どっかで聞いたことがあるような……あ！

そうだ、私が〝見える〟体質になったのは、この店に初めて来たとき。トヨさんの神通力が込められたヤバいお酒を飲んだからだった……。

「ちょっと今からごま吉をしゃべらせるわ」

いや、それはあり得ないでしょ、があり得てしまうのが、このお店のぶっ飛んだところである。

「莉子、おかわりくれにゃ」

「……ほんとにしゃべっちゃったよ」

それまで鳴くことしかできなかったごま吉は、トヨさんの神通力入りのお酒をペロッとひと舐《な》めしてすぐに話せるようになっていた。

見た目は変わらず猫のまま。空っぽになった小皿を「えいっ」と私のほうに押して、ゆらゆらと尻尾を振っている。

「って、おかわりあげないし。それ以上食べたら太るよ」

「ケチにゃ」

目を細めて呟いたごま吉に、トヨさんが横から「残念ねえ」と茶々を入れた。

「それはそうと、ごま吉。さっき、なんて言っとったん?」

煮干しの入っていた小皿を下げながら、松之助さんが尋ねる。やたら鳴いていたごま吉が気になっていたのは私だけではなかったらしい。

話の流れ的に、この店での雇用形態についてなにか言いたいことがあったんじゃないだろうか。

そんな予想をしてごま吉の言葉を待っていたとき、ガラッと店の引き戸が開いた。

「よっす、まっちゃん莉子ちゃん！」

「なあ、ごま吉がいなかったけど、今日は休み……って、おるやないか」

「本当や。なにしてんだい、ごま吉」

ガヤガヤと連れ立って入ってきたのは、常連のおっちゃんたちだった。

いつもは店の外にいるごま吉が店の中にいることに驚いたらしく、カウンター席に近づいてくる。

「おっちゃんたち、いらっしゃいにゃ」

そんなおっちゃんたち相手にごま吉は、営業スマイルを浮かべてハキハキと挨拶した。

「おわっ、なんだごま吉、しゃべれたのかい？」

「今だけ一時的にね。私の力を込めたお酒を飲ませたのよ」

トヨさんの説明を聞いて、おっちゃんたちはみんな納得したように頷く。

「シナのおっちゃん～」

「おうおう、どうしたよごま吉」

「ずっと言えなかったんだけど、〝ごま〟も黒みつプリンなるものを食べてみたいのにゃ」

ごま吉は、私たちからこれ以上煮干しをもらえないと悟ったのか、標的をおっちゃんたちに変えたらしい。全力で愛嬌《あいきょう》を振りまいて、おっちゃんたちの懐に入り込もうとしている。

「そうかい。ずっと食べたかったなんて知らんかったな。よし、ごま吉も座敷来るかい？」

「ごまも一緒に行っていいのかにゃ……？」

上目遣いで尋ねたごま吉に、シナのおっちゃんは「もちろんだとも」と大きく頷いた。

「あ、あざとい……」

一人称がまさかの『ごま』だとは。おっちゃんたちのツボを確実に心得ている。

可愛いけれど計算高いごま吉に、私は感嘆の息を漏らした。

「そういうわけで莉子ちゃん、黒みつプリンをふたつよろしくな」

「よろしくにゃ！」

取り入ることに成功したごま吉は、座敷のほうに向かうシナのおっちゃんに引っついて、とことこと歩いていった。

「止めなくてよかったんですか？」

「まあ、一日くらいええやろ」

おっちゃんたちの人数分、お冷とおしぼりを用意していた松之助さんは、私の問いかけに呑気《のんき》に答える。

「それに、ごま吉が善意でしてくれとることを強制する権利はないやろし」

……〝善意〟？

続けて落とされた呟きに首を傾げた私に、松之助さんは「これ、座敷に持ってって」とお冷とおしぼりの乗ったお盆を渡してきた。

ひとまずそれを受け取って、ついでに冷蔵庫から出した黒みつプリンをふたつ乗せ、座敷のほうへ歩を進める。

「失礼します。お冷とおしぼり、ここに置いておきますね」

「あ、莉子ちゃん、いつも通りみんなビールで！　枝豆と唐揚げと出汁巻と、なんか適当におつまみ頼むわ」

「承知しました」

おっちゃんたちの注文に頷きながら、お冷とおしぼりを机の上に乗せていく。

「あと、シナのおっちゃんとごま吉、黒みつプリンどうぞ」

「おう、さっそくありがとな」

「ありがとにゃ」

ちゃっかりシナのおっちゃんの膝の上に座っているごま吉は、私が黒みつプリンを置いた瞬間、前足を伸ばした。

「おっちゃん、食べてもいいかにゃ？」

「味わって食べるんだぞ」

そう言ってシナのおっちゃんがスプーンですくってくれたのを、ごま吉はぱくっと食べる。

「と、……とろけるにゃ！」

「そうだろ？」

自分の好物が褒められて嬉しそうなシナのおっちゃんは「どれ、俺も」とスプーンを黒みつプリンに向けた。

そのやりとりを見ていた周りのおっちゃんたちが「初っ端から甘いもんかよ」とゲラゲラ笑うのを聞きながら、私はいったんカウンターの中へ戻る。

「枝豆と唐揚げと出汁巻と、適当におつまみだそうです」

「はいよ」

松之助さんに注文を伝えて、私は人数分のジョッキを用意する。

ビールと泡の比率を慎重に見極めて注ぎ、再び座敷のほうへと運んでいく。

「そういや、もうすぐ『招き猫まつり』じゃねえのかい？」

「ああ、そうだなあ。ごま吉も懐かしいんじゃないか」

お待たせしました、と口を開こうとした私の耳に、おっちゃんたちの会話が飛び込んでくる。

「招き猫まつり？　……招き猫のお祭りがあるんですか？」

あまり聞いたことのない単語だった。ずらっと並んだ招き猫を想像して首を傾げると、シナのおっちゃんが頷いた。

「九月二十九日を〝くるふく〟と読んで、招き猫の日ってしてあるんだと。毎年この時季になると、日本中の招き猫が伊勢に集まってくるんだよ」

「へぇ」

招き猫の日なんてあるのか。知らなかった。

シナのおっちゃんの話に相槌をうって、私はジョッキをおっちゃんたちに渡していく。

「可愛いのがいっぱい集まるんだにゃ」

「あ、そっか。ごま吉は招き猫の付喪神だったね」

黒みつプリンをぺろっと完食したごま吉は、私の言葉に「ゲフッ」と返事をした。

「何年か前の招き猫まつりで、まっちゃんとごま吉が出会ったんだよなあ」

「えっ、そうなんですか？」

「そんなこともあったにゃ。……ところでシナのおっちゃん、ごまは芋焼酎が飲んでみたいにゃ」

ごま吉は一瞬、懐かしむように目を細めたけれど、すぐさまシナのおっちゃんにすり寄る。

コロッと変わるその態度に感心していれば、「よし莉子ちゃん、ごま吉に芋焼酎持ってきたって！」と注文が入った。黒みつプリンの入っていた器を下げながら「承知しました」と返事をして、またカウンターの中に戻る。

「……今日はなんだか、忙しくなりそうねえ」

唐揚げをもそもそとつまんで呟いたトヨさんに頷きながら、そういえば結局ごま吉がなにを話そうとしていたのか聞くのを忘れていたなあ、とぼんやり思った。

「うっわ、すごいことになってる……」

ポッポ、と鳩時計が鳴いた。

ハイペースでお酒とおつまみを頼まれ、せっせと座敷へと運んでいるうちに、気づけば夜中の十一時になっていた。

追加で注文されたバニラアイスを持って立ち尽くす。

「おーう、莉子ちゃあん」

目の前には、アルコールが回ってへべれけになったおっちゃんたちの姿があった。

それはもう毎日のように見ている光景だったけれど、今日はまた一段とひどい酔っ払い方をしている。

机の上には、ごま吉が『食べてみたい』『飲んでみたい』と次から次へと頼んだお酒や料理が並んでいる。どれも少しずつ口をつけてあるのに食べきっていないため、回収できる食器がない。今持ってきたバニラアイスもどこに置こうかと迷うほど、机の上にスペースが残っていなかった。

「おーい、みんな。アイスきたぞ、アイス～」

「にゃにゃ！　アイス！」

一番手前にいたシナのおっちゃんが呼びかけると、みんな一斉に顔を上げる。

ごま吉も楽しみにしていたのか、顔を赤くしながらヨタヨタと覚束《おぼつか》ない足取りで私のほうに近寄ってきた。

「いやあの、どれか食べきるか飲みきるかしてもらわないと、アイスを置くところないんですけど」

私がそう言って苦笑いを浮かべれば、おっちゃんたちはお酒をグイッと飲み干して「ここ置いてくれ」と手を挙げる。

「ごまも！　ごまも飲みきるにゃ！」

その流れに乗って、ごま吉も飲み干そうとしたらしい。机の端に置かれていた徳利を二本の前足で掴んで、そのまま自分のほうに傾ける。

「ちょっと待って、ごま吉。それしたら……っ」

慌てて止めようとするも、時すでに遅し。ゴトンと鈍い音がしたかと思えば、案の定重みに耐えられなかったごま吉が、徳利と一緒に畳に倒れていた。

「ほら、もう。言わんこっちゃないよ……」

予想通りの展開に頭を抱えながら、仰向けで寝転んでいるごま吉を「大丈夫？」と覗き込む。

「おうおう、酒もったいねえなあ」

周りのおっちゃんたちは徳利からこぼれたお酒を見てケラケラと笑い、おしぼりでそこをぬぐっていた。

「キュキュ丸、すまんけど、ここ掃除してくれるか」

「キュ！」

騒ぎを聞きつけて、掃除担当のキュキュ丸がすでに集まってきていたらしい。おっちゃんたちに返事をして、ツヤツヤの小さな丸たちが虹色に光りながら畳の上を転がる。

とりあえず綺麗にしてくれそうな雰囲気にホッとしながら、再びごま吉に視線を向ければ「ふにゃーん」とあくびが返ってきた。

「ごま吉、ちょっとハイペースすぎたんじゃない？」

「あれもこれも飲んでみたいっつって、ちゃんぽんしてたからなあ。身体が小さいわりにたくさん飲んじまった感じじゃねえか？」

私が持っていたお盆の上からバニラアイスを取って、シナのおっちゃんはへらっと笑った。

確かに、ごま吉のキャパを考えたら飲みすぎなような気がする。このまま畳の上で寝るのは構わないけれど、なにか上にかけないと風邪を引いてしまうだろう。

「おーい、ごま吉。ここで寝るならタオル持ってくるけど……って、わ！」

身体を揺すりながら声をかけると、それまで完全に伸びていたごま吉が、急にむくりと起き上がった。

いったいどうしたのかと様子を窺っていれば、ぴょんと座敷から下りてカウンターのほうへ向かって歩いていく。

「んあ？　なに、ごま吉。戻ってきたの？」

酔っ払ったトヨさんに声をかけられたごま吉はコクリと頷いて、またトヨさんの隣の椅子によじ登った。

「ごま吉、さっきすごい音しとったけど、大丈夫やったんか？」

そう言って、カウンターの中から松之助さんが湯呑《ゆの》みに入ったお茶を出す。

そのお茶をぺろっと舐めて熱くないことを確認したごま吉は、ぼけーっとしたまま口を開いた。

「ごまは……幸せにゃ」

なにか悪いものでも食べたんだろうか。

夢見心地で話し始めたごま吉を、みんなが不審そうに見つめている。

「ど、どしたの？　ごま吉」

「ごまの本体は、一番スタンダードなタイプの古い招き猫なのにゃ」

私の問いかけに対する答えになっていない言葉が返ってきて、「はあ」としか言いようがない。

「……職人さんが丁寧にごまの本体を作ってくれたんだにゃ。たくさんの福を招きますようにって、心を込めて」

座敷から回収してきたグラスを流しに置いて、松之助さんの隣に並ぶ。

ごま吉の瞳はとろーんと潤んでいた。酔っているのだろう。

「心を込めて作ってもらった本体は居心地がよくて、ごまは憑《と》りついたんだにゃ。いっぱい福を招こうと思って、伊勢まで来たんだにゃ」

「ん？　伊勢まで……って」

「日本中の招き猫が集まってたにゃ」

これはもしかして、おっちゃんたちの話に出ていた〝招き猫まつり〟のことだろうか。何年か前に、ごま吉と松之助さんが出会ったたって言っていたけれど……。

「招き猫にもいろんな種類があるんだけど、今どきの可愛い招き猫は、珍しいってこともあって大人気だったにゃ。たくさんの人に触ってもらって、声をかけてもらって、買われていってたにゃ」

昔を思い出しながら話をするごま吉は、少し切なそうだ。

いつもは賑やかなトヨさんも、頬杖をついて静かに話を聞いている。

「ごまたち付喪神は、人から目をかけてもらったり、大切にされたりした分だけ、お腹がいっぱいになるんだけど、……そのときごまはお腹がペコペコだったんだにゃ」

「つまり、ごま吉は誰からも目を向けてもらえなかったってこと？」

尋ねた私にごま吉は頷く。

「ごまにとってはすごく居心地のいい本体にゃんだけど、時代に合った見た目じゃないのにゃ。周りに並んでた可愛い招き猫にばっかり目がいくのもよく分かるんだけど」

いつだったか、トヨさんから聞いたことがある。

神様というのは、人からの信仰心でできているようなもの。それがなくなると、神様たちは力を失ってしまうのだ、と。

ごま吉が言っているのも、同じようなことだろう。

「なんとか目を向けてもらいたくて、必死に鳴いたんだけど、みんなにごまの声は届かなかったにゃ」

「〝見える〟人って、なかなかいないだろうしね」

「うん。だけどある日、腹ペコでフラフラしてたら、道の端っこに煮干しが落ちてたんだにゃ」

道の端っこに煮干しが落ちてた？

想像すると少し不思議な光景だ。煮干しって、そんなふうにコロンと落ちるようなものだっけ。

ふと違和感を抱いた私をよそに、ごま吉は話を続ける。

「ごまはもう、夢中で食べたんだにゃ。すごくおいしかったのを覚えてるにゃ」

そのときの煮干しがよっぽどおいしかったのだろう。ごま吉は思い出しながらうっとりと宙を眺めていた。

「でも、それで終わりじゃなかったんだにゃ」

「え？」

どういうことかと聞き返すと、嬉しそうな顔でごま吉は言う。

「次の日も、その次の日も、同じところに煮干しが落ちてたんだにゃ」

「そんなに連続で？」

驚いて首を傾げた私に、ごま吉はこっくりと頷いた。

「うん。最初は偶然かにゃって思ったんだけど、四日も五日も続けば、さすがのごまでもおかしいって分かったにゃ。なにかの罠《わな》かもしれにゃいって疑ったけど、もしかしたら誰かが置いてくれてるのかもって、ちょっと期待もしてたんだにゃ」

「それでどうしたの？」と続きを促せば、ごま吉はフフンと胸を張った。

「待ち伏せしたのにゃ。どうやって煮干しがそこに落ちるのか、確かめるために」

「ま、待ち伏せって……」

「半日くらい建物の陰でじっと待ってたら、金髪でつり目で、ピアスをじゃらじゃらつけた男の人が来たんだにゃ。キョロキョロと周りを見回して、コソッと煮干しを置いていく姿は正直、不審者みたいだったにゃ」

チラリと隣を見れば、松之助さんがゆっくりと顔を背けた。

「なになに、それって松之助のことなの？」

「……話の流れ的にそうやろなあ」

トヨさんの問いに松之助さんは他人事のように答えていたけれど、ちょっと恥ずかしそうだった。その耳はほんのり赤くなっている。

煮干しを落としたように見せかけて本当はそのお腹を満たしてあげようとしていたとは、なんとも不器用な松之助さんらしいやり方だ。

「ごまは、ごまのことを気にかけてくれたのがたまらなく嬉しかったのにゃ。迷わずその後ろを追いかけて、そしたらこのお店に辿り着いたんだにゃ」

ぺろっとお茶を舐めて、ごま吉は表情を緩める。

「お礼がしたくて、ごまはこのお店で客引きを始めたんだにゃ。だからごまは、ブラック企業より待遇が悪くても、ここにいたいのにゃ」

「ブラック企業より……って、あ」

開店直後の会話がよみがえる。

日給が煮干し五匹でごま吉は満足なのか、冗談交じりに話していた。思えばそのやりとりのあと、ごま吉はなにかを伝えたそうに鳴いていた。

「もしかして、それを伝えたくてあんなに鳴いてたの？」

首を傾げた私に、ごま吉はコクリと頷く。

「ごまはこの店に雇われてるんじゃなくて、ごまがここにいたくて、居座ってるだけなのにゃ」

松之助さんがごま吉の客引きは善意でしてくれていることだと表現していたのは、そういうことだったのか。

言葉の意味をようやく理解して、隣に立つ松之助さんを見れば、嬉しそうに目を細めていた。

「みんなに構ってもらえて、ごまは……幸せにゃあ……」

「えっ、ちょっとごま吉」

うつらうつらし始めたごま吉を、隣に座っていたトヨさんが支える。

そのままごま吉の目は開くことはなく、グウ、といびきが聞こえた。

「……寝たんか？」

「寝たわね。座敷にでも転がしとくわ」

完全に眠ったごま吉を抱えて、トヨさんがそう言う。

「あ、じゃあタオル持ってきます」

手を挙げた私に、松之助さんは「よろしく」と頷いた。

タオルを持って座敷のほうへと向かえば、ごま吉はおっちゃんたちに囲まれながら、幸せそうな顔ですやすやと寝息を立てていた。


「また、おいない」

お客さんを見送って、そっと提灯の明かりを落とす。紺色の暖簾を外して店内に戻ると、キュキュ丸たちがちょこちょこと動き回っていた。

「起きてたお客さんたち、今のでみんな帰られました」

カウンターの中に声をかければ、お皿を洗っていた松之助さんが顔を上げる。

「ん。そしたら座敷のほう片付けて」

「わかりました」

時刻は午前二時。タオルケットを持って座敷を覗くと、寝落ちたごま吉を笑っていたおっちゃんたちも、グウグウ、ガアガアといびきをかいて眠っていた。

みんなのお腹にタオルケットをかけてから、机の上に広がっていた食器を、音を立てないように回収する。カウンターの中に持っていくと、松之助さんがたっぷりと泡のついた手で調理台を指差した。

「それもここ置いといて」

「お願いします」

言われたところに食器を置いて、私は布巾を手に松之助さんの隣に並び、洗い終わった食器を拭いていく。

「……ごま吉、語ってましたね」

「完全に酔っ払っとったな」

静かな手つきで食器を洗っていきながら、松之助さんは苦笑いを浮かべた。

「ごま吉と松之助さんが出会ったのって、いつのことなんですか？」

気になっていたことを、お客さんたちを起こさないように小声で尋ねる。

「俺が高校を卒業して……この店を始めてすぐのときやで。もう十年くらい前のことになるな」

松之助さんは少しの間手を止め、宙に視線を向けて答える。

「てことは、松之助さんが十八か九の頃からの付き合いってことですか」

「そやな」

そんなに長い付き合いだったんだ、と十代の松之助さんを想像してまばたきをする。ちょっと見てみたかった。

「ちょうど実家から出て店始めて、右も左も分からんまま、俺自身もしんどかったときで。買い出しついでにたまたま寄った招き猫まつりで、ごま吉を見かけたんやけど。誰からも見向きされてないごま吉のこと、他人事に思えやんかったんさ」

キュッと蛇口をひねって水を止めた松之助さんは、私に残りの食器を洗っておくように伝えて、まかないの準備を始める。

今日はどうやら和食のようだ。サンマの塩焼きとナスの煮浸し、残り物の枝豆。それからお味噌汁《みそしる》を作るようで、煮干しと水の入ったお鍋を火にかけていた。

「にしても、道に煮干しを落としたフリってなかなか……。分かりにくいっていうか、下手くそっていうか、普通に考えて、そういうシチュエーションになることなんてないですよね？」

「そこはそっとしといて。まだ尖っとった俺の精一杯やったんや」

「ツンデレにも程がありますって」と笑えば、チョップが返ってくる。

「すみませんって。……だけど、ようやく納得いきました」

私がそう言うと、松之助さんは不思議そうに首を傾げた。

「なにが？」

「どうしてごま吉があんなに簡単に煮干しで釣れるのか、ちょっと不思議だったんです」

客引きはもちろん、煮干しを交渉の条件に入れれば、ごま吉は大抵のことは手伝ってくれる。雪かきもそうだし、打ち水もそうだ。お詫びの品としても煮干しが有効だなんて、ちょっと簡単すぎる。

だけど、この店の――松之助さんからもらう煮干しに格別の思い入れがあったのなら、そのちょろさにも頷ける。

「ごま吉にとっては、それだけ大切な想い出ってことですよね。恩を感じてるんだろうな」

「うーん、そうなんかな」

沸騰してきた鍋からアクを取り除きながら、松之助さんは眉を下げた。

「ごま吉は、ああやって言うてくれとったけどさ。実際、あのとき救われたのは俺のほうやと思う」

「……救われた、って」

　最後のお皿を洗い終えて、軽く流しの中を掃除してから水を止める。布巾で食器の水気を拭きながら、松之助さんの言葉の続きを待った。

「招き猫は福を招くっていうやろ。ごま吉は誰からも見向きされてなかったのに、その気合いみたいなんがすごくてさ。ずっと鳴いとったんよ」

　松之助さんは鍋の火を止めて、煮干しを取り出す。あらかじめ切ってあった具材を鍋に投入して、また火にかけた。

「店を始めてすぐって、今ほど経営が安定してなくて。もともと知り合いの神様はおったけど、居酒屋なんて神様たちの間であんまり知られとらんし、お客さんも全然おらんかったんさ」

「え、そんな時代があったんですか」

「うん。どうにかしやなって思ってたんやけど、まだ分からんことばっかりやったし。誰かに相談したら解決するようなこともあったんやろけど、実家は飛び出してきたようなもんやったし、アドバイスくれる神様もおったけど……俺も若かったから。ほら、ちょっと反抗期っていうか、格好つけたかったのもあって」

　鍋に視線を向けたまま、ごにょごにょときまり悪そうに話す。

　高校を卒業して、実家を飛び出して、ひとりでお店をやってきた松之助さんは、きっといろんな苦労をしたのだろう。

「だけどごま吉に出会って、ハッとさせられたんさ」

グツグツと鍋が沸騰してくる。火を弱めて様子を見ながら、松之助さんはこう続けた。

「俺、なんで店始めたんやろって」

「……えっと、つまり、初心に返ったってことですか？」

尋ねた私に頷いて、「あ、ごめん味噌とって」と手を伸ばす。冷蔵庫から取り出した味噌をその手に渡すと、松之助さんは鍋の火を止めた。

「神様たちに居場所を作りたいって思って始めたはずやのに、変なプライドが邪魔して、その方向すら見失っとったなって。あんな状況でも一生懸命やっとったごま吉に気づかされたんさな。それに、招き猫のごま吉が店に来てくれてから、お客さんも増えたし」

味噌を溶かしながら、懐かしそうに笑う松之助さんに、私はゆっくりと相槌をうつ。

「やから俺は、ごま吉には感謝しとるん」

松之助さんとごま吉は、お互いにいい影響を受けてきたのだろう。今までその関係について考えたこともなかったけれど、一緒にお店を盛り上げてきた戦友のような、相棒のような、言い表すとしたらきっとそんな感じ。

「……ん、できた」

「あ、そしたら椅子出します」

ぼんやりと考えているうちに、まかないができあがっていた。

私は折りたたみの椅子をふたつ持ってきて、調理台の前に置く。松之助さんはお椀《わん》にお味噌汁をよそい、他のおかずと一緒に調理台に並べていた。

頭に巻いていた白いタオルを外して、松之助さんが椅子に座る。それを見て、私も隣に腰を下ろした。

「いただきます」

「いただきます！」

ふたり揃って手を合わせ、まずはお味噌汁の入ったお椀を持った。

できたてのお味噌汁からは湯気が立っていた。ふうふうと息を吹きかけて冷まし、口をつける。

「熱っ」

まだ少し熱かった。反射的に声を上げると、隣で松之助さんが「急ぐからや」と呆れたように笑う。

気を取り直して、もう一度息を吹きかけ、さっきよりも慎重に唇を近づける。

口の中に温かさが広がり、ふわっと味噌の香りがする。ごくりと飲むと、舌にほんのり旨味が残った。

ホッとするいつもの味だけれど、さっきからずっと煮干しの話を聞いていたからか、煮干しで出汁をとったお味噌汁はいつもよりおいしく感じる。

「ほう……」

「なんや、味噌汁で大げさな」

味わって飲んでいた私を、松之助さんは怪訝そうに見ている。

「煮干しの旨味を感じてたんです」

「莉子って、ちょいちょい意味分からんこと言いだすよな。旨みなら、煮干しをそのまま食べたほうが味わえるんちゃう？」

「それはなんか違うじゃないですか」

なんならさっき出汁をとった煮干しがここに、と小皿を持ってこようとする松之助さんを慌てて止める。

「出汁をとったあとの煮干しって、それもう旨味ないやつじゃないですか」

「……ごま吉は喜んで食べとるんやけどなあ」

ツッコミを入れると、松之助さんはキョトンとした顔で呟いた。そのときだった。

「にゃ！」

座敷のほうからそんな声が聞こえたかと思って顔を上げれば、ごま吉がヨタヨタとこちらに歩いてきていた。

「あ、ごま吉起きたの？」

「にゃ」

突っ伏して眠っているトヨさんの隣の席によじ登ったごま吉は、私の問いかけにコクリと頷く。まだ少し眠たそうにしているけれど、酔いは少し醒めたのだろう。

「これ飲んどき」

松之助さんがそう言ってカウンターに置いたお冷をぺろりと舐めて、ごま吉はふうと息を吐いた。

「私たちはまかない食べてるけど、ごま吉はどうする？　あ、でもさっきシナのおっちゃんたちといっぱい食べて――」

「にゃにゃ!?」

いっぱい食べてたからもういいか、と続けるつもりだった私の言葉はごま吉の鳴き声に遮られた。何事かとごま吉を見ると、その視線は調理台の上に置かれた小皿に向いている。

「えっ、この煮干しを食べたいの？」

「いや、もう今日は食べすぎやろ。ちょっと我慢しやんと、ぶくぶくのデブ猫になるに」

「にゃ！　にゃいにゃい」

松之助さんから止められてもなお、ごま吉は目を輝かせて煮干しを狙っている。

……って、あれ。ちょっと待って。

「ごま吉、しゃべらないの？」

「にゃ？」

眠りにつく前までベラベラと話していたごま吉が、鳴くだけに戻っている。そのことを指摘すれば、松之助さんも「言われてみれば」と呟いた。

「ちょ、ちょっとトヨさん、起きてください！」

思わず声をかけて、トヨさんの肩を叩《たた》く。

「……ん～、なによお」

「大変です、トヨさん。ごま吉がしゃべらなくなっちゃったんです」

ごま吉はトヨさんの力が込められたお酒を飲んで話せるようになったのだから、きっとトヨさんなら分かるはず。

寝ぼけ眼のトヨさんに訴えれば、「んん～」と伸びが返ってきた。

「伸びをしてる場合じゃないんですって」

「ふああ。……ごま吉がしゃべらなくなったって？」

大きなあくびをひとつして、なんとか覚醒してきたトヨさんにコクコクと頷く。

するとトヨさんは、なんでもないことのように「それじゃ、効果が切れたのねえ」と、またあくび交じりに言った。

「効果が……切れた？」

「そ。確かにごま吉は私の力を込めたお酒を飲んでたけれど、ひと舐めしたくらいでしょ。効果は数時間だったってことね」

まさか、あのお酒の効果が切れるなんてことがあるとは。

予想していなかった答えに、ポカンと口が開く。

え、それじゃあ、私の〝見える〟体質もいつかは終わる……？

「ちなみに莉子はあのとき一杯飲みきっちゃったから、効果が切れることはないと思うけど」

私の考えていたことを読んだかのようにそう付け足したトヨさんは、「てことで、また寝ていい？」と首を傾げた。

「あ、はい。起こしちゃってすみません」

安眠を妨げてしまったことを謝って、「おやすみなさい」と頭を下げる。

「おやすみ。……あ、それから、ごま吉がもぐもぐしてるけど大丈夫？」

「もぐもぐ？」

目を閉じかけたトヨさんの言葉に、ハテナを浮かべてごま吉を見ると……。

「……ごま吉ぃ」

私と松之助さんの意識がトヨさんに向いている間にコソッと奪っていったのだろう。先ほどまで煮干しが乗っていた小皿が、カウンターの上に空っぽで置かれている。

犯人は頬いっぱいに大好物の煮干しを詰め込んで、幸せそうにひたすら口を動かしていた。

「食べすぎやって忠告したやん」

「デブ猫への道まっしぐらだよ……」

「にゃにゃ」

これぞ幸せ太りっていうやつにゃ、とでも言いたげな様子で胸を張ったごま吉に、
私たちは呆れて笑うことしかできなかった。

四杯目　想い出シャリシャリ、生姜糖《しょうがとう》

「莉子、これ見て」

トヨさんがそう言ってスマホを見せてきたのは、暑さも和らぎだした九月の下旬。そろそろ扇風機を片付けてもいいだろうか、という相談を松之助さんとしていたときだった。

「これって？」

いつの間に私のスマホを持っていっていたのかツッコミを入れるのも忘れて、カウンター越しにひょいと画面を覗き込む。

開かれていたのは案の定、トヨさんがハマっているSNSのアプリだった。写真や動画を投稿できるこのアプリを駆使して情報収集するのが、最近のトヨさんの日課になっている。

画面にはピンクに緑、オレンジ、紫などの色とりどりの三角形が散らばっていた。少しツヤッとしていて硬そうなそれは、なんだか宝石みたいだ。

「可愛いですね、これ」

「でしょ？　生姜糖っていうお菓子なんだって」

へえ、と相槌をうちながら話を聞いていると、座敷のほうからドッと笑う声が聞こえてくる。時刻は夜の九時。店は今日も盛り上がりを見せている。

「松之助さん、生姜糖って知ってます？」

隣でお造りの盛りつけをしていた松之助さんに話を振れば「ああ」と頷きが返ってきた。

「生姜の汁と砂糖を合わせて煮詰めて、型に流し込んで固めたお菓子やな。昔よく食べとったよ。もともと伊勢神宮の神様たちへのお供え物やったって聞いたことあるけど」

「あれ？　それじゃあ、トヨさんも食べたことがあるんじゃないですか？」

お供え物だったなら、どこかで口にしてそうだけれど。そう思って尋ねた私に、トヨさんは「記憶にないわねえ」と呟く。

「伊勢って有名なお菓子多いんやけど、その中でも生姜糖は日持ちがするから伊勢参りの土産物として重宝されてきたものなんさ」

スマホの画面を覗いて松之助さんは懐かしそうに言う。

「けど、こんなにいろんな種類あるんやなあ。俺の中では、白いのとピンクのと緑のイメージが強いわ」

「どんな味がするの？　全部同じ味？」

カウンターに身を乗り出して尋ねるトヨさんは、まさに興味津々といった様子。

松之助さんはお造りを盛りつける手は止めずに答える。

「確か、白いのが一番普通の生姜糖で、ピンクはニッキ、緑は抹茶やったような気がする」

「甘いの？」

「ほとんど砂糖やで甘いよ。……よし、できた。莉子、これ座敷持ってって」

松之助さんの指示に頷いて、できあがったお造りを座敷のほうへ運ぶ。

いつものようにどんちゃん騒ぎをしていたおっちゃんたちは、お皿を寄せて机の上にスペースを作り「ここ置いといてくれるか」と指差した。

「承知しました。あ、このお皿下げますね」

「おお、これも飲みきるで持ってってくれ」

空いていたお皿とおっちゃんが空けてくれたジョッキを回収してカウンターの中へ戻ると、トヨさんはいまだにスマホを見つめていた。どうやら、生姜糖のことがかなり気になるらしい。

「これって、どこに売ってるの？」

「おはらい町のお店にはけっこう置いてあるんと違う？」

「ふーん……」

売り場の確認をして鼻を鳴らしたトヨさんは、チラリと私の顔を見た。

あ、なんか嫌な予感がする。

「さ、さあ仕事し――」

「莉子」

顔を背けて腕まくりをした瞬間、名前を呼ばれてぎこちなく振り向く。

そこには満面の笑みを浮かべたトヨさんがいて、色とりどりの生姜糖の写真を見せながらこう言った。

「生姜糖、買ってきてくれない？」

嫌な予感とは、よく当たるものである。


翌日。日の暮れ始めたおはらい町で、私はひとり、大量の生姜糖を抱えながら帰路についていた。

「完全にパシリだよこれ」

馴染《なじ》みがあると松之助さんが言っていた、白とピンクと緑の生姜糖はわりと多くのお店で販売されているけれど、オレンジや紫などの珍しい色はおはらい町の端にあるお店でしか売っていない。そんな情報を仕入れたトヨさんに『ある色全部買ってきて。できればたくさん』と懇願されて断ることができず、今に至る。

「……にしても、買いすぎたかな」

ずっしりと重たい袋を抱えて立ち止まり、ひとりごちる。

お店にはガラス瓶が並んでいて、黒糖やブルーベリーなどいろんな種類の生姜糖が量り売りされていた。そのカラフルな光景に気分が上がってしまい、全部の色を二百グラムずつ買ってしまったのだった。

合計して約二キログラムの砂糖を抱えていると思うと、なかなかずっしりしている。

「よいしょっと」

袋を抱え直して、ヨタヨタと歩を進める。石畳の上に伸びた影は長い。

道行く人々はどこか満ち足りたような表情で、お土産の袋を提げていた。

「あれ、莉子ちゃん」

突然声をかけられた。

「へ、……あ」

慌てて視線を向けて、立ちすくむ。

「……竹彦さん」

「久しぶりやなあ。元気やった？」

そう言いながら手を振ったのは、松之助さんの弟である竹彦さんだった。

「おかげさまで元気にやってます。竹彦さんはお買い物ですか？」

「うん、そう」

【アイラブ伊勢】と印字されたエコバッグを愛用しているらしい竹彦さんは、荷物の詰まったそれをにこにこと見せてくる。

「莉子ちゃんも買い物？」

「あ、はい。絶賛パシられ中です」

「はは。なんかずっしりしてそうやなあ」

竹彦さんは「ちょっと貸してみ」と私の腕から袋を奪っていった。

「え、あの……」

「松之助の店ってこっちやっけ？」

そう確認しながらスタスタと歩いていく竹彦さんの背中を慌てて追いかける。どうやら荷物を持っていってくれるらしい。

「ありがとうございます」

隣に並んで小さくお礼を言うと、にこっと笑顔が返ってきた。

竹彦さんとは、ヤマさんたちと赤福氷を食べた日の帰り以来、会っていなかった。こうして顔を合わせるのは実に一カ月ぶりのことだ。

たまに電話がかかってきていたけれど、松之助さんに取り次ぐだけで、がっつり話をしたわけではない。

だから、少し緊張した。

竹彦さんからの伝言を、松之助さんに伝えることはできていない。松之助さんが店のことを大切に思っているということは知っているけれど、もしかしたら揺らぐかもしれない。そう思ったら話を切り出すことができなくて、どうしようと迷っている間にずるずると今日まできてしまったのだった。

竹彦さんが話しかけてきたということは、きっと伝言のことを聞かれるのだろうなあ……。

「……松之助、なんか言っとった？」

そんな私の頭の中を読んだかのように、竹彦さんが話を切り出した。

「きくのやさんに戻る、っていう話について……ですよね」

ぽつりと呟くように返事をした。視線は自然と下に向いた。石畳の模様が一歩進むごとに変わる。

「話してくれたん？」

「あ、いや……」

首を横に振れば、「やよなあ」と苦笑いが返ってくる。

その反応は意外で、思わず顔を上げる。

てっきり責められると思ったのに……。

私の心情を察したのか、竹彦さんは口を開いた。

「言いにくいこと頼んでごめんな。松之助が自分の店を大事にしとるのは分かっとるんやけど、親がそれなりに心配しとってさ。僕から言ってもどうせ聞かんやろし、それなら莉子ちゃんに……ってお願いしたんやけど」

普通そんなこと言うの嫌やんなあ、と竹彦さんは眉を下げる。

「まあダメ元で、近いうちに改めて僕から話してみよかな。莉子ちゃんも、そやなあ……松之助と喧嘩《けんか》でもして、もう一緒にやってられやんって思うようなことがあったら話してみてよ」

大通りから路地に入る。薄暗くなってきた空の下、街灯が辺りを照らし始めた。

「松之助さんに愛想をつかされることはあっても、私が愛想つかすようなことはない気がしますけど……」

「え、そうなん？　松之助って、意外と信頼されとるんや」

「信頼……そうですね」

私が頷くと、竹彦さんは「そっかあ」と呟く。

「あ、ここで大丈夫です。荷物ありがとうございました」

店はもうすぐそこだった。荷物を持ってくれていた竹彦さんにお礼を言って、袋を受け取ると、再びずしりと重みを感じた。

「じゃあ、僕はここで」

「あ、はい。お気をつけて」

「うん、またね」

そう言って手を振った竹彦さんに、私はペコリと会釈して見送る。

その後ろ姿は、なんだか少し寂しそうに見えた。

「あ！　莉子おかえり～」

待ってたのよ、とカウンター席に座っていたトヨさんが迎えてくれた。

時刻は夕方六時を過ぎたところ。思ったよりも竹彦さんと話し込んでしまっていたらしい。

ただいまの挨拶もそこそこに、バタバタと荷物を置いて、取り急ぎ紺色の暖簾を出した。赤提灯のスイッチを入れて、外でスタンバイしていたごま吉の頭を撫でてから店の中に入る。

「どっか寄り道しとったん？」

「あ、いやー……まあ、そんなところです」

カウンターの中から声をかけてくれた松之助さんに、曖昧に返事をして濁した。

そんな私を不思議に思ったのだろう。トヨさんが、急に私の腕を掴んできた。

「なっ、なんですか？」

驚いて声を上げれば、トヨさんはクンクンと鼻を鳴らした。

「……男の匂いがする」

「え!?」

「は？」

ボソッと落とされたトヨさんの呟きに反応したのは、私だけではなかった。松之助さんがポカンと口を開けて首を傾げている。

「男って――」

「あ、そ、それより、これ！　買ってきましたよ」

怪訝そうな視線から逃れるように、さっき適当に置いた荷物の中から生姜糖の入った袋を取り出す。カウンターの上に置けば、トヨさんがパッと目を輝かせた。

「生姜糖、さっそく買ってきてくれたの？」

よかった。興味がこっちに移ったみたいだ。

松之助さんからはジトッと怪しむような視線が向けられたままだけれど、なんとか話を逸らそう。

「買ってきてって、昨日うるさかったじゃないですか」

唇を尖らせながら言えば、トヨさんはとぼけたように首を傾げる。

「そうだったかしら」

「そうでしたよ」

酔っ払ってて覚えてないわ、と都合の悪いときだけお酒を理由にするトヨさんにため息をついた。

そんな私の機嫌をとるように、トヨさんは「唐揚げ食べる？」と尋ねてくる。

「いただきます」

食べ物に罪はない。私は遠慮なく手を伸ばした。

「……それにしても、けっこうな量買うてきたんやな」

トヨさんからもらった唐揚げを食べていた私に、松之助さんが言った。その視線はカウンターの上に置いた生姜糖に向けられている。私が無理やり話を変えたことは腑《ふ》に落ちてなさそうだけれど、それ以上追及するのは諦めてくれたようだ。

「なんかテンション上がっちゃいまして。ガラス瓶に入ってると余計可愛く見えました」

そう説明すると、頷きを返してくれる。

「へえ。どれくらい種類あったん？」

「私が行ったときには十種類くらいありましたよ」

掃除をしてくれていたキュキュ丸たちが袋の周りに集まってきた。

「ねえ莉子、これ開けていい？」とワクワクした顔で言うトヨさんに、キュキュ丸たちも飛び跳ねている。

「どうぞ」とトヨさんに頷きかけたとき。

「よーっす、まっちゃん、莉子ちゃん！」

ちょうど店に入ってきたのは常連のおっちゃんたちだった。

「お？　それはなんだい？」

さっそくカウンターの上の袋に気づいて興味を示したのは、常連さんの中でも無類の甘い物好きであるシナのおっちゃんだ。

「さすがシナさん、鼻が利くわね」

「ん？　てことは、甘いもんかい？」

「あっ、ちょっと待って！」

途端に食いついてきたシナのおっちゃんから生姜糖を守るように腕で囲って、トヨさんは必死に制止する。

「先に写真撮らせてよ。そのために買ってきてもらったんだから」

「なんだい、見るくれえいいだろ」

そう言ったシナのおっちゃんに「信用ならないわね」と呟きながらも、トヨさんは隣のカウンター席に座るよう促した。

シナのおっちゃんと一緒に来た常連さんたちは「先に向こう行ってるよ」と言い残して座敷のほうへ消えていく。

「お冷とおしぼり出してきます」

「あ、莉子」

率先して動こうと声をかければ、松之助さんに止められる。

「そっち俺行くで、トヨさんの相手したって」

「あら松之助、気が利くじゃない。莉子、インスタ映え目指して撮影会するわよ。背景は白いほうが映えるだろうから、紙とかティッシュとか持ってきて」

そう注文してきたトヨさんは、完全に撮影モードに入っていた。

状況を察した私は、松之助さんに座敷のほうは任せてコピー用紙を取りにいく。

「はい。持ってきましたよ」

「ありがと」

私が戻ってくると、トヨさんはその紙をカウンターに敷いて、さまざまな色の生姜糖を並べ始めた。

「おいおい、なんだいこれは」

その様子を見ていたシナのおっちゃんは、声をひそめて興味深そうに私に尋ねてくる。

「生姜糖っていうお菓子です。見た目がすごく可愛いですよね」

お菓子という単語にピクリと反応したシナのおっちゃんは「最高だな」と歓声を上げる。

トヨさんは真剣な表情でひとつずつ置いてみては、スマホで写真を撮って唸っていた。

「いっぱい色があるんだな！」

「黄色がゆず、水色がサイダーで……あっ、この黄緑はメロン味らしいですよ」

ガラス瓶に貼られていた名前を思い出しながら説明すると、シナのおっちゃんは身を乗り出して生姜糖を眺めた。

「ちょっと、影が入るから大人しくしてて」

「お、おう」

その直後にガチなトーンでトヨさんに怒られて、しずしずと元の位置に戻っていた。

「三角形なのには、なにか意味があるのかい？」

「ええ、どうですかね……あ、松之助さん」

シナのおっちゃんの抱いた疑問に、一緒に首を傾げていれば、ちょうどカウンターの中に松之助さんが戻ってきた。

私たちの話は聞こえていたらしく、「どうなんですか？」と尋ねると、すぐに答えが返ってくる。

「その形に意味があるかどうかは知らんけど。生姜糖って、伊勢神宮のお札を模した平べったい六角形が基本なんと違うかな」

「あの板みたいなやつですか？」

私の買ってきた生姜糖の横に並んでいたものを思い浮かべて聞けば、松之助さんは頷いた。

「多分。それこそ板チョコみたいに割って食べたり、かじりついたりしとったよ。この小さい三角形は食べやすくひと口大にしたんやと思う」

確かにぱくっと食べやすそうな大きさではある。

そう納得した私の目の前で、すでにシナのおっちゃんは生姜糖に手を伸ばしていた。

「あっ！」

トヨさんがそう声を上げる前に口の中に放り込んで、にんまりと笑う。

「もう、なんで食べちゃうのよ。まだ撮ってる途中だったのに」

「いやあ、そんだけしか撮らねえなら、ここにあるやつ食べてもいいだろよ」

ぶすっと頬を膨らませて拗ねたトヨさんに悪びれる様子もなく、シナのおっちゃんはそう言った。

おっちゃんの様子を見ていたキュキュ丸たちが、羨ましそうに「キュキュ」と鳴く。

「やっぱり信用ならなかったわ」

「まあそう怒んなって。それよりみんな、これうまいぞ！」

袋を掴んで配りだしたシナのおっちゃんに、これ以上言っても無駄だと諦めたらしい。トヨさんはいったんスマホをしまって、生姜糖に手を伸ばした。

「ほら、まっちゃんと莉子ちゃんも」

そう言いながらシナのおっちゃんは、生姜糖をさらに小さく砕いてキュキュ丸たちにも配っている。

「それじゃあ、まずは普通の白色を食べてみたいです」

そうリクエストをして手を差し出せば、シナのおっちゃんが白い生姜糖を乗せてくれた。

キュキュ丸たちが頬張るのを見て、私もぱくっと口にする。

硬そうに見えた生姜糖は、歯を立てた途端ほろほろと崩れた。唾液と混ざって溶け出した砂糖の粒は細かく、サラッとした口当たりだ。生姜の香りがふわっと漂い、噛むとシャリシャリと音がする。ごくんと飲み込めば、生姜がピリッと喉を刺激した。

金平糖よりもゴリゴリ感のない、ちょっと辛みのある砂糖菓子といったところだろうか。

「おいしい……少しクセになる味ですね」

もうひとつ、と手を伸ばしながら感想を述べる私に、トヨさんが頷く。

「そうねえ。食感が楽しいわね」

「口の中が甘いやろ。あったかいお茶でも淹《い》れよか」

松之助さんがそう言って、お茶の準備を始めた。

確かに、そのままでもおいしいけれど、濃いめのお茶とよく合いそう。

「莉子、この薄い茶色はなんの味？」

「あ、それは確かコーヒー味って書いてありました。私も気になってたんですよね」

「おう、これおいしかったぞ」

すでに全部の色を制覇する勢いで食べていたシナのおっちゃんが「食ってみな」と私たちに配ってくれる。

口に含むと、コーヒーの香りがした。溶け出した砂糖を唾液と一緒に飲み込むと、砂糖たっぷりのコーヒー飲料のような感じで、最初に食べた生姜糖よりも万人受けしそうな味がする。

「ティータイムにでも出てきそうな感じですね」

「洋風でこれもおいしいわねえ。ちょうどひと口サイズだし、ぱくぱく何個でも食べられちゃうわ」

そう言ってトヨさんは「もうひとつ」と手を伸ばした。

「食べすぎると虫歯になりそうやけどな」

湯呑みを運んできてくれた松之助さんは苦笑いしながら、私たちの前にお茶を置いていく。

ありがとうございます、と頭を下げて、甘くなった口の中をすっきりさせようと湯呑みに口をつけたときだった。

「い、いてててて!」

それまでバクバク生姜糖を食べていたシナのおっちゃんが、突然頬を押さえた。

「……どうしたの、シナさん」

お茶をひと口飲んで、ふうと息を吐きながらトヨさんが尋ねる。

「あ、いやあ、そんなに大したことじゃねえんだ……いててて」

「それどう見ても大したことやろ。おっちゃん、どうしたん」

松之助さんにジトッと視線を向けられ、シナのおっちゃんは「いやー……」と首を傾げた。

「な、……なんか、歯が」

「歯?」

「痛いかもしれねえな、なんて……いててて」

再び頬を押さえたシナのおっちゃんに、みんなでため息をついた。

完全に甘い物の食べすぎでしょ。

「大丈夫ですか?　あんなに勢いよく食べるからですよ」

「ていうか、今日までの蓄積がすごいんじゃないの。虫歯って、そんなすぐになるようなものじゃないでしょ」

トヨさんの指摘に、うぐっと喉を鳴らす。食べすぎているという自覚はあるらしい。

そんなシナのおっちゃんに、松之助さんはこう告げた。

「白木《しらき》さん呼ぶに」

「ヒッ」

その名前を聞いた瞬間、シナのおっちゃんの表情が引きつった。

「……白木さん？」

初めて聞く名前に首を傾げる。

そんなに嫌な相手なのだろうかと疑問を抱く私に、松之助さんが説明してくれた。

「白木さんっていうのは、伊勢にある『園相神社《そないじんじゃ》』ってところに祀られとる神様のこと。本当の名前は、『曽奈比比古命《そなひひこのみこと》』っていうんやけど、鎮座地の名前をとって、白木さんって呼ばれとんの」

「本当に呼ぶのか⁉　やだやだ。あのジジイ怖いし、絶対痛えもん」

「いい歳こいたおじさんがなに言ってんのよ」

カウンター席では、逃げ出そうとするシナのおっちゃんの首根っこを引っ掴んだトヨさんが「おいないおいない」といつものようにパワーを送っていた。

送っている相手はきっと、その〝白木さん〟なのだろう。

「白木さんは、地域の守り神なんやけど、それ以外にもご利益があるってされとってさ」

「ご利益、ですか」

呟いた私に、松之助さんが頷く。

「歯痛にご利益があるんやって」

「……歯痛？」

「まあ、つまり、神様たちの歯医者さんみたいな感じやな」

シナのおっちゃんが嫌がっていた理由を私が理解したのと、店の引き戸が開いたのは同じタイミングだった。

「にゃいにゃい」

「ふぉっふぉ。案内してくれるのかの」

ごま吉に先導されて店に入ってきたのは、腰の曲がった白髪のおじいさんだった。

私の周りにも歯医者さんを嫌がる人は多いけれど、それは神様だって一緒らしい。

「ぎいやあああ」

「ふぉっふぉ。こりゃ甘いもんの食べすぎじゃの」

カウンター席に座っているシナのおっちゃんの腕を、常連さんたちが両側で押さえている。白木さんはシナのおっちゃんの口を開かせながら、慣れたように歯の状態を診ていた。

「……これはなかなか大変ですね」

「そうね。シナさんがもう少し大人しくしたらやりやすいだろうけど」

トヨさんは我関せずといった様子で、生姜糖を食べていた。どうやらサイダー味の水色がお気に召したらしく、ずっとポリポリしている。

「トヨさんも食べすぎやんときや。シナのおっちゃんみたいになるで」

「私は大丈夫よ」

心配そうに声をかけた松之助さんに首を振って、トヨさんはまた水色の生姜糖に手を伸ばす。

松之助さんは呆れたように笑いながら、白木さんの前にお冷とおしぼりを置いた。

「ふぉふぉ。この歯を削ったらおしまいだでの。それっ」

口の中に金属製の器具を突っ込まれていたシナのおっちゃんは「ぎゃああ」と声を上げていた。

「白木さん、せっかくやでゆっくりしてって」

「ふぉ。こりゃ悪いの」

さっきの歯でシナのおっちゃんの治療は終わったらしく、白木さんは嬉しそうに目を細める。

「い、痛かった……。俺の歯、ちゃんとあるかい？　外されてねえかい？」

　よっぽど嫌だったのか、シナのおっちゃんは常連さんたちにそう確認しながら、そそくさと座敷のほうに去っていった。

「それにしても、久しぶりじゃの、松之助。こちらのお嬢さんは初めましてて」

　白木さんはそう言って、私たちのほうに視線を向けた。口ぶりからして松之助さんとは知り合いだったようだ。

「あ、初めまして。濱岡莉子といいます」

　ペコリと頭を下げれば、ふぉっふぉと白木さんの肩が揺れる。

「白木さんと会うの、いつぶりやろなあ」

「この前会ってから十年は経ってそうじゃの。おかげで、ワシの中の松之助はいまだに鼻たれ小僧のまんまじゃや。ふぉっふぉっふぉ」

　白木さんはシワシワの手でお品書きを持って、顔から近づけたり遠ざけたりしながらそう言った。老眼なのだろう。

「白木さん、……私のおすすめを頼んでおいてもいいかしら」

　見かねたトヨさんが声をかけると、「ふぉ」と頷いた。

「すまんの。どうも最近、字が読みにくくてなあ」

「そんな感じしたわ。ってことで、ビールと唐揚げよろしく」

「はいよ」

調理に取りかかる松之助さんの隣で、私もジョッキを用意する。泡とビールの比率に気をつけながら注いでカウンターに出せば、トヨさんと白木さんはコツッとジョッキ同士をぶつけた。

「それにしても生姜糖とは、なかなか懐かしいものを食べていたんじゃなあ」

ビールをちびりと飲んで、白木さんは口を開く。視線はトヨさんの前に置かれた生姜糖に向いていた。

「トヨさんが写真を撮りたいって言いだしたので、買ってきたんです」

「ふぉっふぉ。確かに綺麗な色をしておるでなあ」

「懐かしいってことは、白木さんも食べたことあるの？」

グイッとビールを煽って尋ねたトヨさんに、白木さんは「ふぉ」と答える。

「松之助が、よく食べておったからなあ。ワシにも分けてくれたんじゃよ」

昔を懐かしむように目を細めて話し始めた白木さんは、白い生姜糖をひとつ口に入れて、もぐもぐと咀嚼《そしゃく》した。

「それって、どれくらい前のことなんですか？」

「ワシは土地の守り神じゃからの。松之助も竹彦も、小さいときからよく知っておるんじゃよ」

「……竹彦さんのことも知ってるんですか」

その名前が出てきたことに驚いていれば、トヨさんが面白そうに身を乗り出す。

「子どものときの松之助って、どんな感じだったの？」

酒の肴《さかな》にする気満々で尋ねたトヨさんに心の中で、ナイス、とエールを送る。正直、ちょっと気になる。

そんな私たちの魂胆がバレバレだったのか、唐揚げの調理中だった松之助さんが「そんなん話さんでいい」と口を挟んだ。

「なによ松之助、聞いてたの？」

「全部聞こえとるわ」

そう言われて舌打ちをしたトヨさんを見て、白木さんは「ふぉっふぉっふぉ」と笑った。

ちぇ、つまんないの。

トヨさんの陰に隠れてこっそり残念がっていれば、心の中を読んだかのように白木さんが私に視線を向けた。

「松之助は、竹彦と今でも仲よくやっておるかの」

「竹彦さんと……ですか？」

思ってもみなかった方向からの質問に、少し戸惑いながらも頷く。

「仲よくっていうのがどの程度か分からないですけど、喧嘩している感じは特にないです」

ちょっと探り合っているような感じはあるけれど。

その部分は言葉にせず答えると、白木さんは「ふぉ」と声をもらした。

「あの子らが小さいとき、それは仲のいい兄弟でな。どこに行くにも一緒で、可愛らしかったんじゃ」

「そうなんですか？」

「話さんでいいって言うたのに」

白木さんからの情報に食いついていれば、隣から不満げな声が聞こえた。

顔を上げれば、松之助さんが唐揚げを持ってきていた。

「ふぉふぉ。あの頃が懐かしくての、つい」

「つい、って」

呆れたように笑いながら、松之助さんは私に指示を出す。

「莉子、話し込んどらんと、座敷のほうの注文とってきて」

「えー……」

「えーと違うし」

もう少し白木さんに話を聞きたかったというのが正直なところだけれど「ほら、行った行った」と追いやられては仕方ない。

ゆず味だという黄色の生姜糖をひとつ口に含んで座敷に行けば、今日の力をすべて使い果たしたと言わんばかりの様子で、シナのおっちゃんが項垂れていた。

「そっちタオルケット足りたか」

「はい」

松之助さんに頷きを返して、音を立てないように食器を回収する。

時刻はいつの間にか午前二時になっていた。

「ふぉっふぉ。いつもそうやって上に布をかけておるのか」

そう声をかけてきた白木さんは、この時間までジョッキを空けることなくちびりちびりとビールを飲んでいた。

大抵のお客さんが眠ってしまった今、起きているのは従業員である私と松之助さんとキュキュ丸たち、それから白木さんだけだ。ごま吉は引き戸の前で丸まっている。

「そやな。このくらいの時間になると眠ってしまうお客さんばっかりやで、風邪引かんように」

「それはよい心がけじゃの」

松之助さんの話を聞いて、白木さんは感心したように頷いた。

私は食器を持ってカウンターの中に戻り、流しに置く。そのまま布巾を手に取り、洗い物をしてくれていた松之助さんの隣で、拭き係に徹することにする。

「よい心がけ……なんやろか」

「ふぉっふぉ」

そう笑って目を細めた白木さんは、酔いが回っているのか頬を赤く染めている。

「……泣き虫小僧が、立派になったのお」

「あ、ちょ、白木さん」

嬉しそうに呟いた白木さんを松之助さんが慌てて止めようとするも、洗い物の途中で手に泡がたくさんついていて思うように動くことができなかったようだ。

「泣き虫小僧？」

首を傾げた私を見て、松之助さんは呆れたようにため息をついた。

「……昔のことやよ」

ぼそりと聞こえた呟きが意外すぎて、目を瞬かせる。

「え、松之助さんって泣き虫だったんですか？」

「ふぉっふぉ。人前では泣かないんじゃよ、松之助は。それこそワシらの前ではピーピー泣いておったけどの」

恥ずかしいのだろう、ぷいっと顔を背けた松之助さんの代わりに、白木さんが教えてくれた。

「ピーピー泣いてる松之助さんとか、想像つかなさすぎるんですけど……。

そんな私の心情が伝わったのか、松之助さんは目を合わせないままボソボソと口を開く。

「昔から〝見える〟体質やったから、周りから浮いたり仲間外れにされたりって多かったんやけど、そんなん人前で泣いたら格好悪いやろ」

「格好悪い……ですかね」

「ふぉふぉ。そこはちびっ子なりの男心じゃよ」

いまいちピンと来ていない私に、白木さんがそう言った。

ああ、確かにヒーローとかに憧れてるような年頃の男の子だったら、そういう の気にするかもしれない。

ちびっ子なりの男心をなんとなく理解した私に、松之助さんは不貞腐れたように話を続ける。

「親の前で泣いても戸惑わせるだけやなって分かっとったから、よく神様たちに泣きついとったんさ。……やけど、多分それを竹彦は知っとったんよな」

「竹彦さんが？」

食器を拭きながら聞き返す。

「俺が泣いたときに限ってさ、竹彦が生姜糖持ってきてくれんの」

「えっ、生姜糖?」

まさかここで生姜糖に話がつながると思わなくて声を上げた私に、白木さんが「ふぉっふぉ」と笑った。

「うちのばあちゃんが生姜糖好きでさ、戸棚の一番上の段にいつも生姜糖があったんやけど、俺らは虫歯になるから食べるなって、口酸っぱく言われとってさ」

まあ、ばあちゃんが独り占めしたかったから、そうやって言っとったみたいやけど。

そう付け足しながら、松之助さんはキュッと蛇口をひねって水を止める。

「やから、俺らにとって生姜糖って、禁断のお菓子やったわけ」

「き、禁断のお菓子……」

なんだか子ども心をくすぐるようなネーミングだ。カウンターの上に置かれたままの色とりどりの生姜糖が、また少し魅力的に見えてくる。

「そんな禁断のお菓子をさ、俺が落ちこんどるときに竹彦が持ってきてくれんの。親にも、もちろんばあちゃんにも秘密で食べるんやけど、それが妙においしくて」

タオルで手を拭いて、松之助さんは白い生姜糖をひとつつまんだ。私も最後のお皿を拭いて、生姜糖に手を伸ばす。

「竹彦は神様たちのこと見えやんけど、俺がその話をしても嫌な顔しやんかったし、むしろもっとその話聞かせろってせがんできてさ。そうやって疑いもせず信じてくれる人が近くにおってくれるって、けっこう大きかったかもな」

そこまで言って、松之助さんはぱくっと生姜糖を口にした。それにならって私も口に放り込む。

シャリシャリと甘く、ピリッと辛いそれは、松之助さんと竹彦さんの想い出の味なのだろう。懐かしそうに目を細めた松之助さんに、白木さんは「ふぉっふぉ」と笑みを浮かべた。

そのときだった。

――ピリリリリ。

店に電話の音が鳴り響いた。

この時間に、この店に電話をかけてくるのは、きっとひとりしかいない。相手を想像して松之助さんに目配せをすると、「とりあえず莉子出て」と言われた。

コクリと頷いて、受話器をとる。

「お電話ありがとうございます、居酒屋お伊勢です」

『あ、莉子ちゃん』

聞こえてきたのは案の定、話題にのぼっていた人の声だった。

「竹彦さん」

名前を呼ぶと、白木さんも松之助さんもゆっくりと私に視線を向ける。

『声で分かってくれたんや。嬉しいなあ』

「いや、まあ想像はしてたんで……」

『はは。それもそうか。普通こんな時間に電話かけやんよなあ。……そこに松之助おる？』

竹彦さんの質問に、「えっと……」と少し口ごもった。

きっと、電話の用件は夕方会ったときに話していた内容だろう。

今までなら、躊躇《ちゅうちょ》せず松之助さんに代わっていた。それは私の中で、松之助さんは実家と溝があるというイメージのほうが強かったから。きくのやさんに戻るという話をされたとしても、断ってくれるだろうと、心のどこかで安心していたのだ。

だけどついさっき、松之助さんから竹彦さんとの想い出話を聞いた。松之助さんと実家の距離感が、私が思っていたほど広くはないのだと、気づいてしまったわけで……。

「……莉子、それスピーカーにしてくれやん？」

もし松之助さんがきくのやさんに戻るってことになったらどうしよう。

じわじわと不安になってきた私に、松之助さんが声をかけてきた。

「スピーカーに、ですか？」

『あ、スピーカーにしてくれるん？　そうしてそうして』

松之助さんに聞き返した私の声が、竹彦さんにも届いていたらしい。

「スピーカーとはなんじゃの？」

不思議そうに尋ねた白木さんに、松之助さんは小声で説明する。

「受話器持っとる人だけじゃなくて、電話の周りにおる人らとも話せる機能があるん。やで、白木さんにも竹彦の声が聞こえると思う」

「ふぉっふぉ。そりゃ楽しみじゃのお。声を聞くのは久しぶりじゃ」

松之助さんに竹彦さん、それからスピーカー機能を知って感動する白木さんにも促されて、私はスピーカーに切り替えた。

「竹彦」

『あ、松之助？　どう最近』

「まあぼちぼち」

まさに兄弟という感じの気を遣わないやりとりを聞きながら、緊張を紛らわせるようにお腹の前辺りでぎゅっと両手を握り合わせる。

「ふぉふぉ。竹彦じゃ、竹彦じゃ」

白木さんは白木さんで、竹彦さんの声が聞こえたことに喜んでいた。

そちらに気を取られている間に、兄弟同士の話はポンポンと進んでいく。

『単刀直入に聞くけどさあ』

「ん？」

『前から出とった、うちに戻ってくるって話、考えてくれた？』

ちょっと待って、心の準備が。私がそう口を挟む前に竹彦さんは話を切り出していた。

ハラハラしながら松之助さんに視線を向けると、松之助さんも私のほうを見ていた。

「その話、……莉子も知っとったん？」

ああ、そうか。松之助さんの中では、私はその話を知らないことになっていたのか。

竹彦さんから協力を要請されてはいたものの、私から松之助さんにその話を振ることは結局なかったわけだから、そう思われていて当然だろう。

『そうそう。ちょっと莉子ちゃんからも言ってみてくれやんかって、僕が頼んだだん』

「そうなん？」

「あ、……はい」

竹彦さんの説明に小さく頷くと、松之助さんは「そやったんや」と呟いた。

『莉子ちゃんからは、松之助には話してないって夕方会ったときに聞いてはおるんやけどさ』

「夕方ふたりで会ってたん？　だからトヨさんが、男の匂いがどうとかって……」

竹彦のことやったんか、と納得したように言って、松之助さんはガシガシと頭をかく。

「……今日さ、久しぶりに生姜糖食べたん」

そして口を開いたかと思えば、それは竹彦さんの質問に対する答えではなく、生姜糖の報告だった。

『おお、懐かしいなあ』

しかし竹彦さんも、急かすことなく相槌をうつ。

「ばあちゃんが隠しとった生姜糖って、白いのとピンクのと緑のやつやったよな。けどさ、他にも黄色とか水色とか、全然違う色の生姜糖もあるらしくて」

『え、そうなん？　ばあちゃん、そういうハイカラなのには疎いからなあ』

「紫の生姜糖とか、あんまりイメージないよなあ。それも色によって味が違うから、ぱくぱく食べられてしまうみたいでさ。一緒に食べとったお客さんなんて、食べすぎて歯が痛いとか言いだして」

松之助さんはシナのおっちゃんが騒いでいたのを思い出したのだろう。表情を緩めて、面白そうに話している。

「それじゃあ歯痛にご利益のある神様を呼ぼうってなって。そっからさ、虫歯になったお客さんをみんなで押さえつけて、治療してもらったんやけど」

『そんな神様がおるん？　なんかすごいな。歯医者嫌がる子どももみたいやなあ』

　電話の向こうで、竹彦さんはケタケタと笑った。

〝見える〟わけではないのに、こうしてなんでもないことのように、話を聞いてくれる。傍から聞いていると普通の会話に思えるけれど、松之助さんのちょっと変わった体質をここまで自然に受け入れることは、決して簡単なことではないはずだ。本当に松之助さんは、竹彦さんという存在にたくさん救われてきたのだろう。

　ふたりの会話から私は改めてそのことを感じ取って、そっと俯《うつむ》いた。

「この店におると、毎日飽きやんのさ」

　ぽつりと松之助さんが言った。さっき足元に落としたばかりの視線を、ゆっくりと上げる。

『……うん。それ、何回も聞いとる』

　竹彦さんも静かに返事をした。

「心配かけとることは分かっとるんやけど、俺はやっぱりこの店が好きやし、この店でお客さんたちが気を抜いてくれることが嬉しいんさ」

　白木さんが「ふぉ」と笑った。店の中には神様たちのイビキが響いている。

「やで、俺がこの店から離れることはないよ」

松之助さんの目が、私を映していた。

私が不安に思っているということはお見通しだったのだろう。竹彦さんの質問に対する答えだったのに、私を安心させるように視線を合わせてくれたことにホッとして、肩の力が抜ける。

『やよなあ』

竹彦さんは予想通りといった様子で、笑い交じりに呟いた。

『松之助がそう言うの、なんとなく分かっとったけど』

「分かっとるなら何回も言うてこやんでええやろ」

『いやあ、父さんも母さんもああ見えてそれなりに心配しとるからなあ。たまには顔見せに来たってな。あ、よかったら莉子ちゃんも』

そう言った竹彦さんに、あーだのうーだの返事をして、松之助さんは電話を切った。

「…………」

「…………」

竹彦さんの声がなくなって、急に店の中は静かになった。もちろん神様たちのイビキは響いているけれど、なんとなく気恥ずかしくて顔を見ることができない。

この沈黙、どうしようか。

ソワソワし始めた空気を察してくれたのか、白木さんが「ふぉっふぉ」と口を開いた。

「詳しいことはよく知らんが、なんか一件落着って感じかの」

「はい、そういう感じです」

うまいこと言ってくれた白木さんに乗っかって頷けば、「そういう感じって」と松之助さんに笑われた。

「ざっくりすぎるやろ」

「え、そういう感じはそういう感じじゃないですか」

「いや、知らん」

私も松之助さんも、いつもの調子が戻ってきたようだ。

軽口を叩き合う私たちを見て、白木さんはにこにこと笑顔を浮かべて頷いた。

「さて、もう大丈夫そうじゃし、ワシはそろそろお暇するよ」

長居したのぉ、と席を立った白木さんを見送るため、私は松之助さんと一緒にカウンターの中から出た。

「暗いので、足元お気をつけくださいね」

「ふぉっふぉ。ありがとの」

先に引き戸を開けて白木さんを通す。

「久しぶりに顔を見られてよかったよの、松之助」

「こちらこそやわ」

「次は竹彦も一緒に会えたら、もっと嬉しいんだけどの」

そう言った白木さんに、松之助さんは「考えとく」と返事をした。

九月の下旬、少し肌寒い夜空の下。

「また、おいない」

松之助さんと一緒にいつもの言葉で見送れば、白木さんは「ふぉっふぉ」と楽しそうに笑った。


「莉子ちゃん、まっちゃん、大変でぇ！」

白木さんを見送って店の中に戻ってきた私たちを待っていたのは、そんなシナのおっちゃんの叫びだった。

……いったい、この数分もしない間になにがあったというのか。

隣に立っていた松之助さんに視線を向けると、私と同じようにポカンと口を開けていた。

「どうしたんですか？」

座敷から飛び出してきたのか、カウンターの前でワタワタしていたシナのおっちゃんに声をかける。ちらっとカウンターの中を見た感じ、ボヤとかいうわけではなさそうだ。

「見てくれよ、莉子ちゃん。トヨちゃんがうなされてんだ！」

「……はい？」

思わず聞き返した私に、シナのおっちゃんは「ほら」とトヨさんを指差す。

見れば、カウンターに突っ伏して眠っていたトヨさんが「ううん……」と確かにうなされていた。顔色も心なしか悪い気がする。いつもすやすやと眠っていることを考えると、ちょっと珍しいかもしれない。

「なにか悪い夢でも見てるんですかね？」

「そんなら起こしたほうがいいかい？　どうだい？　おいトヨちゃん、お願いだから目を覚ましてくれよお」

シナのおっちゃんは慌てふためきながら、トヨさんの肩を揺すったり叩いたりして、なんとか起こそうとしている。

そんなガサツに起こしたほうが、あとでトヨさんに怒られそうだけど……と思いつつも、シナのおっちゃんの行動を眺めていると「んあっ」とトヨさんが目を覚ました。

「お？　お？　トヨちゃん起きたかい？　ひでえ夢でも見てたんかい？」

カウンターに突っ伏したまま、寝ぼけ眼でぼーっとしているトヨさんに、シナのおっちゃんは心配そうに声をかける。

シナのおっちゃんがこれだけ世話を焼くなんて、私たちが外に出ている間、よっぽどトヨさんの調子が悪いように見えたのだろうか。それとも、シナのおっちゃんが酔っ払ったまま変な絡み方をしているだけだろうか。

いろいろと考えを巡らせていたときだった。

「い……」

「い？」

私とシナのおっちゃんが声を揃えて聞き返すと、トヨさんはむくりと身体を起こした。

「……痛い」

頬を押さえながら呟いたトヨさんに、まばたきを返す。

「え、トヨさん、痛いって……」

「ちょっと待って、なにこれ。なんかすごく歯が痛いんだけど」

つい数時間ほど前に、見たような光景だ。

隣に視線を向けると、松之助さんは呆れたように笑っている。

シナのおっちゃんはニヤニヤしながら、トヨさんの肩に腕を回した。

「トヨちゃん、それ虫歯っつーんだぜ」

嫌な予感がしたのだろう。トヨさんはぎくりと反応して、シナのおっちゃんと距離をとるように身を引いた。

夜遅くまでおつまみを好き放題食べて歯磨きもせずに眠っているような日頃の生活と、生姜糖の食べすぎによるものに違いない。

カウンターの上を掃除していたキュキュ丸たちも、さっきまでせっせと生姜糖を頬張っていたため、自分も虫歯になっていないか不安になったらしい。「キュ……」とおびえたように身を寄せ合っていた。

「いや、でもまだ分からないし……いたた」

「白木さん、呼び戻すぞ」

シナのおっちゃんの宣告に、トヨさんは表情を引きつらせる。

「り、莉子……松之助……いたたたた」

トヨさんが救いを求めるような目配せをしてきたけれど、それだけ痛がる様子を見ておきながら、放っておくなんていう選択肢はない。

「ごめんトヨさん」

「大人しく治療してもらってください」

私と松之助さんが声を合わせて合掌すれば、店の中にはトヨさんの「嫌あああ」という悲鳴が響いた。

五杯目　はやとちりの伊勢豆腐

季節は夏から完全に秋へと移り変わり、吹く風が冷たくなってきた十月のはじめ。伊勢神宮の参拝時間が夕方五時までとなり、その門前町であるおはらい町が眠りにつくのも早くなった。

それにともなって、居酒屋お伊勢の開店時間も一時間繰り上げとなり、夕方四時になろうとしている今、私たちは準備を始めていた。

松之助さんは台所、私は座敷、キュキュ丸たちはカウンターの上、ごま吉は入り口。各自持ち場について、それぞれの仕事をこなしていたときだった。

「あ」

頭にタオルを巻いて仕込みをしていた松之助さんが声を上げた。

私は座敷を掃除していた手を止めて、視線を向ける。

「どうしたんですか？」

声をかければ、松之助さんはチラリと鳩時計を見てから私に向かって言った。

「ごめん、莉子。ちょっと豆腐買うてきてくれやん？」

申し訳なさそうに眉を下げた松之助さんに「豆腐ですか？」と聞き返す。

冷奴に豆腐サラダ、白和えなどの定番料理に加えて、居酒屋お伊勢では十月から鍋も始まっている。ここ数日、出番が増えている食材だ。

「うん。買うのすっかり忘れとったわ。いつもの店分かる？」

いつもの店、というのは近所にある豆腐屋さんのどこかだろう。そこまで見当はつくのだけれど、どのお店なのか分からず首を傾げた。

だって、おはらい町の周辺で豆腐をメインに扱っているお店は、私が知っているだけでも三軒はある。

ちょっとしたものであれば任せてもらえるようになってきたとはいえ、料理に関しては松之助さんが中心となっている。そのため、大量に買うときは荷物持ち要員として私も呼ばれるけれど、基本的に買い出しは松之助さんが行くことがほとんどだった。

「そしたらちょっと待ってな。地図書くわ」

「すみません、ありがとうございます」

メモにボールペンを走らせる松之助さんに、私はペコリと頭を下げた。

「この辺りって、豆腐屋さん多いですよね」

「ああ、そやなあ」

私の呟きに相槌をうって、松之助さんは少し考えるように視線を宙に向ける。

「んーと……、神職に就いとる人が肉あんまり食べやんっていうのは、聞いたことあるやろ？」

「あ、はい。そういうイメージあります」

「伊勢って昔から神様たちの町として栄えとったから、多分他のところと比べると菜食の店が多いんよな」

松之助さんの説明に「なるほど」と頷く。

「そんで、すぐそこに流れとる五十鈴川《いすずがわ》は清流って言われとってさ。豆腐を作るのにもってこいのおいしい水なんやって」

「だから豆腐屋さんが何軒もあるんですね」

「そう。しかもこの辺やったら、どこの豆腐もおいしい。……よし書けた」

そう言って松之助さんはボールペンをしまい、地図を書いたメモを渡してきた。

「これで分かる?」

「多分、分かると思います。絹とか木綿とか、どれを何丁買ってきたらいいですか?」

「絹はまだあるから、木綿が五丁あればええかな」

財布と大きめの両手鍋を受け取りながら「承知しました」と頷く。

「それじゃあ行ってきます」

「うん。急がせてごめんやけど、開店に間に合うように頼むわ」

鳩時計がポッポと四回鳴いた。

開店まであと一時間。なるべく早く帰ってこようと、見送ってくれた松之助さんへ手を振るのもそこそこに、私は駆け足でおはらい町へと繰り出した。

「これでよし」

木綿豆腐を五丁、鍋に入れてもらって豆腐屋さんを出ると、おはらい町の人通りはまばらになっていた。日中はたくさんの人であふれかえっているから、夕方のここは祭りのあとのような寂しさがある。

私が初めて伊勢に来たのは、今年の初めのことだった。新卒で採用されたブラック企業をやめて、再就職するべくいろんなところに履歴書を送って。あの日は名古屋の会社で面接を受けて、そのついでに神頼みしに来たのだった。

参拝時間が終わる頃、ちょうどこんなふうに減っていく人の波を眺めていた私を、トヨさんが呼んでくれて、居酒屋お伊勢に辿り着いた。あのときはまさか、ここで働くことになるなんて思ってもみなかった。

「そういえば、あのときも豆腐食べたなあ」

注文したのは確か、唐揚げにポテトサラダ、豆腐のいくら乗せ。神様たちと出会ったことのインパクトが大きすぎて忘れかけていたけれど、料理も全部おいしかった。

それももう十カ月前のことになるのか。つい最近のことのような気がする。ここでの毎日が充実しているから、月日の流れがあっという間なのだろう。

鍋を両手で抱えながら、石畳の上を歩く。

すれ違う人々の表情は、終わりかけのおはらい町の雰囲気とは反対に晴れやかで、今日一日楽しんでくれたんだなと、勝手に嬉しくなった。

伊勢の神様たちのパワーって、やっぱりすごいのかも。

「なあに、ニヤニヤしてんのよ」

後ろから聞こえた囁《ささや》きに、思わず声を上げそうになった。

すんでのところで堪えた自分を心の中で褒めながら振り向くと、そこにはトヨさんがいた。

お腹と左手で鍋を抱え直して、右手ですかさずスマホを取り出して耳に当てる。

「もう、トヨさん。びっくりしたじゃないですか」

「だって莉子、すごいニヤニヤしてたんだもの。気になるじゃない」

「だからって後ろから来ないでくださいよ」

ていうか、トヨさんがもうおはらい町にいるなんて。いったい今何時なんだろう。

耳からスマホを離して時刻を確認すると、まだ五時になっていない。

「トヨさん、まだ参拝時間なんじゃないですか？」

「早退よ早退」

もう疲れちゃったわ、と肩を回したトヨさんにじっとりと視線を向ける。

それはサボりっていうんだよ、トヨさん。

「莉子はなにしてるの？」

そんな私の非難から逃げるように、トヨさんは鍋を指差して尋ねた。

「ああ、これはお豆腐です。さっき買ってきたんですけど」

「豆腐かあ。随分と大きい鍋に入れるのね」

「五丁買ったので、トヨさんもよかったら注文してくださいね」

話しながら路地を曲がる。うちの店に来る途中だったらしいトヨさんも、当然のように隣に並んだ。そのときだった。

「うわっ」

ぶわっと風が吹き、その冷たさに目をつむる。

「わ、前髪ぐちゃぐちゃ……」

「すっかり秋ねえ」

オールバックみたいになった前髪を、スマホを持っているほうの手で直す私を気にも留めず、トヨさんは悠長に季節を感じていた。両手が塞がってるんだからちょっとくらい手伝ってくれても、と思ったけれど、トヨさんのことだから相手にしてくれなさそうだ。

仕方ないと諦めて息を吐き、すうっと吸い込む。

「……ん?」

その瞬間、鼻腔《びこう》を通っていった匂いに首を傾げた。

「どうしたの？」

「なんか、いい匂いしません？」

くんくんと鼻を鳴らしながら言うと、トヨさんも私のマネをして匂いを嗅ぐ。

さっき吹いた風に乗って、ふわりと甘くまろやかな香りがしたような気がする。

「確かに、少し匂いがするわね」

「なんだろう。お花とかですかね？」

金木犀《きんもくせい》よりも甘くて、ジャスミンにも似ている気がするけれど、またちょっと上品な感じだ。

どこから漂ってくるのだろう、と元を探ろうとしたけれど、いつの間にか匂いは消えてしまっていた。

「にゃいにゃい～」

「あ、ごま吉。ただいま」

その代わりに漂ってきたのは、出汁の匂い。花の匂いに気を取られているうちに、店に戻ってきていたようだ。

引き戸を開けてくれたごま吉にお礼を言いながら、店の中に足を踏み入れる。

「松之助、ビールちょうだい！」

「戻りました……って、あれ」

私の後ろから叫んだトヨさんに相変わらずだなあと笑いつつ視線をカウンターに向ければ、そこにはおしぼりと少し口のつけられたお冷が置かれていた。

……誰か、来ていたのだろうか。

「あ、莉子おかえり。トヨさんいらっしゃい」

カウンターの中から松之助さんが声をかけ、置かれたままだったおしぼりとお冷を片付けていく。キュキュ丸たちが「キュ」と鳴きながら掃除をしていた。

「お客さん、いらっしゃってたんですか？」

「ああ、うん。まあそんなとこ。トヨさん、ビールちょっと待ってな」

私の質問を流すように頷いてビールの準備を始めた松之助さんに、もやっと違和感が生じる。

『そんなとこ』って。お客さんじゃないなら誰なんだろう。

チラリとトヨさんに視線を送ると、トヨさんは顎に手を添えて「怪しいわね」と呟いた。

店の中には微かに、さっき嗅いだ甘い花のような匂いがしていた。

「松之助にオンナだと？」

「ちょ、ちょっとおやっさん、声が大きいです」

よく通る野太い声で驚いたように言ったおやっさんの口を押さえようとすれば、ピクリと太い眉毛が動く。

ただでさえ怖い顔つきをしているというのに、それがより迫力のあるものになって、私はヒイッと背筋を伸ばした。

あれから時々、店に顔を出してくれるようになったおやっさんは、ビールと冷やしキュウリがお気に入りのようで、今日も今日とてカウンターにはそのセットが並んでいる。

「ああ、すまない」

ついでかくなっちまった、と謝りながら、おやっさんは座敷のほうにチラリと視線を向ける。

松之助さんが座敷に料理を運びに行ったタイミングで、この話を切り出したのはおやっさんの右側、いつもの席に座っているトヨさんだった。

時刻は夜の七時を回ったところ。幸い店内はガヤガヤと賑やかで、こちらの会話は聞こえていないようだ。

「それは間違いないのか?」

「だって、考えてもみなさいよ。松之助って友だち少ないでしょ? いたとしても開店前にやってきて、莉子が戻ってくる前にパッと去っていくなんて、謀ったみたいで怪しくない？　莉子が豆腐を買いに行ってた時間なんて三十分くらいなんでしょ？」

サラッとひどいことを言いながら推理していくトヨさんは、まるで探偵のようだ。

さらに言えば、その推理もあながち外れていない気がする。

「うーん。引っかかるのは、お客さんがいらっしゃってたんですかって聞いたときに、濁したことなんですよね。ほら、お客さんなら肯定すればいいし、友だちなら友だちだって言えばいいのに」

私が感じたことを呟くと、おやっさんは髭を触りながら興味深そうにフンと鼻を鳴らした。

「それで、極めつけが花の香か」

「はい」

店に漂っていた甘い花の匂いを思い出しながら頷く。

「ちょっと色気ある感じの、甘くてまろやかな匂いだったわね。……どこかで嗅いだこともあるような気がするのだけれど」

気のせいかしらねえ、とトヨさんはひとりごちて、ビールをグイッと煽った。

おやっさんも徳利を傾けてお猪口にお酒を注ぎ、口をつける。ゴクゴクと喉仏が動くのを見ていれば、おやっさんは私を見て呟いた。

「なぜだ」

「え？」

なにを聞かれているのか分からず首を傾げた私に、おやっさんはさらに質問を投げかけた。

「なぜ、それを俺に話す？　色恋沙汰には詳しくないのだが」

「別におやっさんからの助言なんて期待してないわよ」

「ああ？」

トヨさんの言葉に顔をしかめたおやっさんに、慌ててフォローを入れる。

「そうじゃなくて、私たちの予想がぶっ飛んでないか、聞いてほしかったというか。ついでにその相手が誰か、ご存知ないかなあと思いまして」

おかわり、とトヨさんが掲げたジョッキを受け取りながらそう問えば、おやっさんは納得したように鼻を鳴らした。

「ぶっ飛んでいるとは思うが、外れている感じもしない。相手は知らない」

淡々と告げるおやっさんに、「そうですか」と頷く。

まあ正直なところ、あまり表に出ないおやっさんが松之助さんと会っていた相手を知っていることはないだろうと予想はしていた。

ダメ元で聞いてみたけれど、やっぱり知らないかあ。

トヨさんの新しいジョッキを用意しながら、こっそり肩を落としていたときだった。

「にゃいにゃい」

「こんばんは」

ガラッと引き戸が開いて、聞こえてきたのは弾むような声。

視線を向けると、ごま吉に先導されながらヤマさんが入ってくるところだった。

「あ、ヤマさん！」

「ご無沙汰してます。虫の音に秋の深まりを感じるこの頃ですね。朝夕はめっきり冷え込むようになりましたが、みなさま体調崩されていませんか」

相変わらず深々とお辞儀をして丁寧に挨拶をするヤマさんに感心していれば、「ヤマちゃんちょっと、こっち座って」とトヨさんが自分の右側の席を指差していた。ちなみにトヨさんの左側にはおやっさんが座っている。

ごま吉はおやっさんの連れてきていた大きな犬——わたがしの尻尾でモフモフしながら遊んでいた。最初は近寄るのも怖がっていたのに、何度もおやっさんが来てくれているうちに仲よくなれたようだ。

「どうしたんですか、トヨさん。急にまた、集合だなんて呼び出して」

そう言いながらカウンター席に腰かけたヤマさんに、首を傾げる。

「え、ヤマさん、トヨさんに呼ばれたんですか？」

「はい。一大事だから集合してってお呼びがかかりまして」

私の知らないうちにトヨさんはヤマさんにパワーを送っていたらしい。なんとも素早い行動に、ポカンと口が開く。

「そうなのよ、実はね――」

さっそく今日あった出来事をヤマさんに説明し始めたトヨさんは、生き生きとしている。野次馬の血が騒ぐのだろう。

私はトヨさんがヤマさんに一部始終を話している間、ビールと泡の比率に気をつけておかわりを注いだ。

「――それは一大事ですね」

ビールを持ってカウンターに置けば、ヤマさんがそう感想を述べているところだった。

そろそろ松之助さんが戻ってきてしまうのでは、と焦って座敷に視線を向けたけれど、まだシナのおっちゃんたちに捕まっていた。ドッと笑う声が聞こえてくる。

「でもそれだけでは、友だち説も消えないんじゃないですか？　たまたま近くまで来たから寄ってみたってパターンもあるかと」

ヤマさんの言っていることはもっともだし、その線が一番濃いんじゃないかと最初は私も思っていた。

「今まで聞いたことないのよ。松之助に、この店の存在を伝えているような友だちがいるなんて」

深刻そうに声をひそめながら話すトヨさんに、「そうなんですか……」と言って、ヤマさんは考え込むように腕を組んだ。かと思えば、ふと気づいたように顔を上げる。

「ごま吉とキュキュ丸は、その人に会ってないんですか？」

その指摘にハッとした。

私が買い出しに行っている間、ごま吉もキュキュ丸もこの店にいたんだった。どうしてもっと早くそっちに話を聞こうとしなかったのか。ぼんやりしていた。

「そっか、確かに。ねえごま吉、どんな人だった？」

「にゃ？」

尋ねると、わたがしの尻尾と戯れていたごま吉はこてんと首を傾げる。

「開店前に誰か来てたでしょ？　会ってない？」

「にゃー、にゃにゃい」

ごま吉はそう言って首を横に振った。

「え？　でも、開店準備で店の外にいたんじゃ……」

ずっと店の前にいたはずなのに、見ていないってどういうことだろう。

疑問に思って呟いた私に、ごま吉はぎくりと肩を揺らした。

「……その反応、さては寝てた？」

「にゃ!? にゃ、にゃにゃ!」

否定するように鳴いているけれど、その必死さが逆に怪しい。ジトッと見つめれば、ごま吉は隠れるようにわたがしの尻尾へ顔をうずめた。

「当てにならないわねえ」

トヨさんは頬杖をついて、唇を尖らせる。

「キュキュ丸たちはどう?」

ちょうどカウンターの上を転がっていたキュキュ丸たちに質問を投げかければ、「キュキュッ」と反応を示した。ツヤツヤと光っているのを見るに、どうやら会ったようだ。

「どんな人だった、って聞いてもアレかしら」

「イエスかノーで答えられる質問ならいいかも……って、あれ?」

トヨさんと質問の仕方を吟味していると、キュキュ丸たちがどこか落ち着きなく動き始めた。よく見ると、みんなポッと頬を赤らめて、なにやら浮き足立っている。

その反応は、憧れの先輩と廊下ですれ違ったあとのような、アイドルのライブで目が合ったときのような、そんな感じによく似ていた。

「これ、すっごく綺麗な人が来たってことですかね」

私が呟くと、同じような感想を抱いていたのか、トヨさんもヤマさんも同時に

「あー……」と頷いた。

「……なあ」

そんなときだった。ずっと黙って私たちのやりとりを見ていたおやっさんが、野太い声を発した。

顔を向けると、おやっさんは私のことをじっと見ながら、こう言った。

「それを知ってどうする」

「へ？」

「松之助が会っていた相手を知って、そなたはどうするのだ」

おやっさんの言葉に、喉がグッと鳴った。

確かに、私はそれを知ってどうするのだろう。

松之助さんが隠そうとしていることを勘繰るのはあまりよくないのだろうけれど、やっぱり気になってしまう。そんな本能に突き動かされるまま探ろうとしていたけれど。

「それは……」

答えを言いよどんだ私に、おやっさんの太い眉毛がピクリと上がる。

どう返事をしようか、考えを巡らせていたときだった。

――ピリリリ。

店の中に流れた微妙な空気を裂くように、電話が鳴った。

「ごめん、莉子出て」

「すみません、ちょっと電話に出てきます」

座敷から声をかけてきた松之助さんに頷いて、カウンター席にいたお客さんたちに断りを入れる。

「お電話ありがとうございます。居酒屋お伊勢です」

『あ、莉子ちゃんこんばんは』

受話器を取ると、聞こえてきたのは竹彦さんの声だった。話をするのは、この前白木さんが来ていたとき、スピーカー機能で通話して以来だ。

「こんばんは、竹彦さん。えっと……今日はどうされたんですか？」

あのとき、きくのやには戻らないと松之助さんがはっきり伝えてくれていたから、今日はその件ではないだろう。でも、もしかしたら……と内心ビクビクしながら尋ねた私に、電話の向こうで竹彦さんは笑った。

『あはは。そんなに警戒しやんでも大丈夫やに、莉子ちゃん。今日は普通に仕事のことで電話させてもらったん』

「そ、そうでしたか」

ホッと胸を撫で下ろし、松之助さんを呼ぼうとすれば、竹彦さんは『松之助が忙しいなら、莉子ちゃん聞いといてくれる？』と前置きをする。

「私でいいんですか？」

『うん。神様たちに、ちょっとアンケートを取ってほしくて』

「……神様たちに？」

まさかの言葉にポカンと口を開けて、カウンター席にいるお客さんたちを見れば、

「なんて顔してんのよ」とトヨさんからツッコミが入った。

「それはまた、どういったことについてですか？」

『〝神嘗祭《かんなめさい》〟のときに限定メニューを出そうかと思ってさ』

「かんなめ……？」

聞き慣れないワードに首を傾げたけれど、竹彦さんには聞こえていないようで受話器からはガサガサと紙を開くような音がしている。

『エビかアワビか牡蠣《かき》やったら、神様たちはどれが一番好きなんか、ちょっと聞いてみてくれやん？』

「は、はあ……」

限定メニューって、きくのやで出すものだよね。別に神様たちが食べるわけじゃないなら、神様たち相手にアンケートを取らなくてもいいのでは。

そんな疑問を抱きつつも、ひとまず聞いてみようと、カウンター席に座っている三

柱に質問を投げかけた。

「トヨさんヤマさんおやっさん、エビとアワビと牡蠣だったらどれが好きですか？」

「どうしたのよ、急に」

怪訝そうに首を傾げたトヨさんに、やっぱりそういう反応になりますよねえ、と思いながら私は状況を説明する。

「いや、今これ松之助さんの弟さんから電話かかってきてるんですけど、神様たちに聞いてみてほしいって言われて。かんなめ……がどうとかで」

「ああ、神嘗祭ねえ」

そのワードを聞いて納得したように頷いたトヨさんは、一番に答える。

「私はアワビ！」

「うーん、その中なら牡蠣が好きです」

「エビだな」

ヤマさん、おやっさんが続き、それぞれ一票ずつ入ったところで私は受話器を耳に当てた。

「エビ一票、アワビ一票、牡蠣一票です」

『見事に分かれたなあ』

果たして参考になったのか分からないけれど、竹彦さんは『了解、ありがとう』と言う。

「あ、莉子待って」

用件はそれだけだったみたいだし、「それじゃあ」と電話を切ろうとした私をトヨさんが止めた。なにか伝えておきたいことでもあるのだろうかと、「竹彦さん」と呼びかける。

『ん？』

「えっと……」

場をつなぐように声を発しながらトヨさんに視線を送れば、「松之助の相手を知らないか、ダメ元で聞いてみてよ」とひそひそ声で頼んできた。

「ええ？」

『へ？　莉子ちゃん？』

思わず大きな声で反応してしまった私に、受話器の向こうで竹彦さんが戸惑っているようだった。

慌てて謝りつつ「いいからいいから、聞いてみるだけ」と両手をすり合わせているトヨさんに渋々頷く。

「あ、あの、つかぬことをお聞きするのですが」

『うん。なになに？』

「松之助さんにその、……か、彼女さんがいるとかっていう話は聞いたことありますか？」

私がそう切り出すと、竹彦さんは『松之助に彼女ねえ』と面白そうに呟いた。

『んーと、そういう話は今まで聞いたことないなあ。そもそも友だちもそんなに多くないと思うし』

「そうですか」

友だちが多くないというのは誰に聞いても出てくるなあ、と思いながら相槌をうつ。

うーん、それにしても、竹彦さんも知らないのかあ。

残念なような、ホッとしたような気持ちになりながら受話器を握っていれば、『あ、でも』と竹彦さんが声を上げた。

『そういえば昔から、やたら隠したがる存在はおったかも』

「……え？」

〝隠したがる存在〟？

どういうことだろうと聞き返せば、竹彦さんは『うーん』と考えるように唸った。

『松之助って、神様たちと会ったこととか、話したこととか、僕が聞けば大体のことは教えてくれるんやけど……。僕が聞いても絶対に教えてくれやんかった神様がひとり……っていうんかな、おってさ』

「聞いても濁されるってことですか？」

『あ、そうそれ。僕は神様のこと見えやんけど、松之助が神様と話しとるのは分かるんさ。視線がいろんなところ向くから、ああ今誰か見えとるんやな〜って』

なんとなくやけど、と竹彦さんは付け足す。

きっと長年、松之助さんの近くにいたからこそ磨かれた勘なのだろう。〝見える〟体質の松之助さんもすごいけれど、〝見てる〟ことを感じ取ることができる竹彦さんもなかなかすごい。

感心しながら話を聞いていた私に、竹彦さんはこう続けた。

『だから、どんな神様が見えとるんか、よく聞いとったんやけど。その神様のことだけは話そうとしやんのさ。聞いても適当に流されてばっかりで』

「な、流される……」

まさにそれだ。今日来ていた相手は、竹彦さんの言う神様と同じかもしれない。

『やたら隠そうとするんよなあ。よっぽど特別な存在なんかなって、勝手に僕は思ってたんやけど。……こんなぼんやりした情報で参考になるかな？』

そう問いかけてきた竹彦さんに、「あ、はい。ありがとうございます」と返事をする。

そのまま挨拶もそこそこに受話器を置けば、トヨさんがカウンターに身を乗り出して私のことを待ち構えていた。

「なんて言ってた？」

トヨさんの両隣で、ヤマさんとおやっさんも私に視線を向けている。

「いや、それが……」

お店に来ていたのは人じゃないかもしれないです、と私が口を開きかけたときだった。

「莉子、さっきの電話、誰やった？」

「へっ」

座敷のほうから松之助さんが戻ってきた。

思わず声を上げた私と、一斉にそちらを振り向いたトヨさんとヤマさん、それからおやっさんを、松之助さんは順番に見て不思議そうに首を傾げる。

「みんなして、なんでそんな驚いとるん？」

「いえ、なんでもないです！」

勢いよく首を横に振りながら答えた私に、トヨさんも同意するようにコクコクと頷いた。

おやっさんはフンと鼻を鳴らしている。

「ヤマさんいらっしゃい」と声をかけられたヤマさんは、咳払《せきばら》いをしてから「こんばんは」とぎこちなく微笑む。

そんな私たちの反応を見た松之助さんは、余計に怪しむような表情を浮かべた。

「あ、そうだ電話！　電話は竹彦さんでした」

どうにか話を逸らそうと、さっきの松之助さんの質問に答えれば、松之助さんは「竹彦から？」と呟く。興味はそちらへ移ったらしい。作戦は成功のようだ。

「なんの用やったん？」

「神様たちにアンケートを取ってほしいって言われて。神嘗祭……のときに限定メニューを出すからって」

思い出しながら伝えると、松之助さんは納得したように頷いた。

「なるほど、神嘗祭なあ」

「あの、その神嘗祭っていうのはお祭りなんですか？」

竹彦さんに聞いたときから抱いていた疑問を口にすれば、松之助さんは「ああ、莉子は初めてか」と呟いた。

「伊勢神宮では、一年を通して千五百回以上お祭りがあるんやけど」

「せ、千五百回以上!?」

多すぎる回数にパチパチとまばたきをした私に、トヨさんが「はーい」と手を挙げる。

「私の祀られてる外宮では、毎日二回、朝と夕方に『日別朝夕大御饌祭《ひごとあさゆうおおみけさい》』っていうお祭りがあるわよ」

「ひ、ひごとあさ……?」

たくさんのハテナが頭の上に浮かぶ。一度聞いただけじゃ覚えられない難しい名前のお祭りが、毎日二回も行われていることにもびっくりだ。

そんな私を見て、松之助さんは苦笑しながら説明を続けた。

「そんだけたくさん執り行われとるお祭りの中でも、一番重要なのが神嘗祭。天照大御神にその年の初穂を捧げて、豊作のお礼をするお祭りなんさ。お米できました、ありがとうございますって」

そんなお祭りがあるんだ、と頷いてから、ふと引っかかったことを尋ねる。

「天照大御神にお供えするんですか? 食べ物っていったらトヨさんのイメージがあるんですけど」

「あら、莉子。ちゃんと私の役割を覚えてたのね」

嬉しそうに茶々を入れたトヨさんに「さすがに毎日会ってるんだから、忘れないですよ」と頬を膨らませていれば、松之助さんがまた答えてくれる。

「もちろん外宮のトヨさんにも関係あるお祭りなんやけど、メインは天照大御神やな」

そうなんだ、とトヨさんを見れば、「うんうん」と頷いていた。

「『邇邇芸命《ににぎのみこと》』っていう神様が、日本を統治するために、神様たちの住んどるところから降りてきたっていう有名な話があるんやけど。そのときに天照大御神が、日本の国民が飢えやんように稲作するといいよ、って言って稲穂を授けたらしいんさ」

日本の稲作の始まりはそのときだということか。だから、きっかけである天照大御神にお供えするんだなあ。なるほど。

ふむふむ、と頭の中に落とし込んでいると「ちなみに」と松之助さんが再び口を開く。

「その邇邇芸命っていう神様は、サクさんの旦那さんやで」

「えっ！」

「おやっさんにとっては義理の息子やな」

まさかのつながりに驚いて、おやっさんのほうを見る。目が合うと、おやっさんはどこか気まずそうに眉間に皺を寄せながら「ああ」と肯定した。

世間狭すぎでしょ。

「まあ、もっとざっくり言うと、日本の神様たちの中でも最も尊いとされとる神様である天照大御神に、一番に収穫の感謝を伝えるためってところかな」

「へえ。神様たちの中にも序列みたいなのがあるんですね」

天照大御神がすごい神様だということは、なんとなく知ってはいたけれど、改めて松之助さんから聞いて「ほうほう」と呟いた私に、ヤマさんが口を挟む。

「そうそう。太陽を象徴とする最高神である天照大御神様、夜の世界を司る『月読《つきよみの》尊《みこと》』、それから海を統治する『須佐之男命《すさのおのみこと》』は特に尊いとされていて、『三貴子《さんきし》』と呼ばれているんですよ」

「夜の世界を司るとか、海を統治するとか、なんかかっこいいですね」

「そうなんです！　もうオーラが別格なんですよ。三貴子のみなさんはあまり姿を見せられないこともあって、特別感がすごいんです……」

さすが元・斎王。トヨさんいわく〝神様オタク〟であるヤマさんは、両手を組んでうっとりと三貴子のことを語っている。

「……三貴子、なあ」

「へ？」

ぼそりと落とされた呟きに首を傾げると、松之助さんはハッとしたように私を見て、ごほんと咳払いをした。

……うん？

「そういうわけで、神嘗祭は伊勢の一大イベントなんさ」

なんだか不自然な挙動に違和感を抱きつつも、話をまとめようとしている松之助さんに「はい」と手を挙げる。

「その一大イベントはいつあるんですか？」

「十月の中旬、もうすぐやで。竹彦のことやから、お祭りを盛り上げるために限定メニューとか考えとるんやろな。神様たちに感謝する祭りやから、ちょっとでもメニューに神様の意見を入れようとして電話してきたんと違うか」

そんなふうに言って、松之助さんはいまだ恍惚《こうこつ》とした表情で上の空だったヤマさんの前にお冷とおしぼりを置いた。

それを見て、話に夢中でお冷すら出していなかったことに気づいた私は、ヤマさんにぺこぺこと謝りながら仕事を再開する。

結局、開店前に店に来ていたのは誰だったのか、そもそもそれは人だったのか、なにも分からないまま夜は更けていった。


「莉子、まかないできたに」

松之助さんが小さな声でカウンターの中から私を呼んだのは、お客さんたちが深い眠りについた頃だった。

座敷の机を拭いていた手を止めて、シナのおっちゃんのお腹からブランケットが剥がれてしまっているのをかけ直してからカウンターに戻る。

「おやっさんまで酔いつぶれるなんて、珍しいですね」

カウンター席でガアガアとイビキをかいているのは、酒豪であるはずのおやっさんだった。どういうわけか、今日は途中から座敷の宴会に参加したり、一升瓶をイッキしたりと、荒れたように飲んでいた。

「邇邇芸命の話をしたからやろなあ」

「ににぎ……って、サクさんの旦那さんで、おやっさんの義理の息子さんでしたっけ。仲悪いんですか？」

「いや、仲悪いっていうか、娘を嫁にやったわけやし……やっぱ複雑なんと違う？」

それにあそこ、結婚のときにも出産のときにもいろいろあったみたいやしなあ、と呟きながら松之助さんは調理台の上にまかないを置いた。

「ふーん、神様たちにもそういうゴタゴタみたいなのあるんですね」

相槌をうって、調理台に視線を向ける。

今日はごはんとお味噌汁の他に、豚肉の生姜焼き、ほうれんそうのお浸し、きんぴらごぼうが並んでいる。もう一品出そうとしてくれているのか、松之助さんはゴソゴソと冷蔵庫をあさっていた。

その間に私は折りたたみの椅子をふたつ持ってきて、お箸とお茶も出しながら食べる準備をした。

「これもそこ置いて」

そうこうしている間に、ちゃちゃっと一品作ってくれたらしい。声をかけてきた松之助さんに顔を上げる。

「はい。……あ」

受け取ろうと手を伸ばして、思わずその手を止めた。

「ん？」

「あ、い、いえ。なんでもないです」

不思議そうに首を傾げた松之助さんに慌ててそう言って、器を受け取る。

そこに盛りつけられていたのは、豆腐のいくら乗せだった。

「豆腐とかいくらとか嫌いやったっけ？」

「全然！　どっちも大好きです」

頭に巻いていた白いタオルを外しながら確認してきた松之助さんに、コクコクと頷きを返す。

「そうか？　ならいいけど」

食べよか、と言って椅子に座った松之助さんにならって、私も隣に腰かけた。

豆腐のいくら乗せを見て固まってしまったのは、豆腐を買いに行っている間にあった出来事を思い出したからだ。

「いただきます」

「い、いただきます」

松之助さんにつられて手を合わせる。少しタイミングがずれたのは考え事をしていたからに他ならない。

結局、あの花の匂いの正体はなんだったのだろう。

お客さんたちから注文が殺到していた時間帯には、仕事が忙しすぎて考える暇もなかったけれど、こうしてピークが過ぎるとさっきの悶々《もんもん》とした気持ちが再び湧いてくる。

とはいえ、おやっさんが言っていたように、松之助さんが会っていた相手を知ったところで自分がなにをしたいのか分かっていない。そりゃもちろん、気になるから知りたいだけではあるんだけれど。

「……莉子、食べやんの？」

「え、……え、あ、食べます！」

先ほどからお箸が動いていない私を気にかけてくれた松之助さんに、慌てて返事をする。適当に食器を手に取れば、豆腐のいくら乗せが入った器だった。

なんというチョイスをしてるんだ、私は。

「その豆腐、莉子が買うてきてくれたやつやで」

さらに松之助さんが、親切にそんな説明を付け足してくれる。

ええ、ええ、知ってますとも。この豆腐を買いに行っている間になにがあったのか、さっきからずっと考えていたんです。

……なんて返事をするわけにもいかず、私はお箸で豆腐を四つに切った。柔らかい豆腐にいくらをちゃんと乗せながら口に運ぶ。

舌にぽてっと落ちた豆腐は、なめらかでふよふよしていた。しっかりと大豆の味がする。いくらを噛むとぷちっと中身がはじけて、そのしょっぱさが豆腐の優しい甘味を引き出していた。飲み込もうとすれば、つるっと喉を通っていく。

「おいしい……」

ぽつりと呟いて隣を見ると、松之助さんは嬉しそうに笑っていた。

「元気出たか」

「へ？」

思いがけない言葉に素っ頓狂な声が出た。

そんな私に、松之助さんは「さっきからぼーっとして、元気なかったやろ？」と首を傾げる。

「なんかあったなら言ってみ。莉子がそんなんやと調子出やんで」

まさか、そんなふうに思われていたとは。気づいてくれていたんだ……。

松之助さんの言葉に、じわじわと喜びが込み上げてくる。一方で、このモヤモヤを松之助さんにぶつけてもいいのだろうかと迷う気持ちも同じくらいに湧いてきていた。

店の中には神様たちのイビキが響いている。プウ、プウ、パチンとごま吉の鼻ちょうちんが割れる音がする。キュキュ丸たちは列になって、シンクの水垢《みずあか》を落としていた。

ぐるっと周りを見渡して、散々考えを巡らせたあと、私は話を切り出した。

「松之助さん」

「うん、なに？」

「私がこの豆腐を買っている間にここへ来ていたのは、お客さんですか？」

いったんお箸を置いて、松之助さんのほうへ身体を向ける。ぎゅっと両手を握りしめながら尋ねた私に、松之助さんはキョトンとしていた。

「……うん？」

「あの、だから、開店前に来ていたのは誰かっていう話です。今日ずっとそれが気になっていて、トヨさんと一緒に聞き込みしてたんですけど、分からなくて」

視線は自然と下を向いた。心の内を話すのは緊張するし、自分の中でも整理できていないから、支離滅裂になりそうで怖い。

「松之助さんに友だちは少なそうだから、あの花の匂いからして女の人なんじゃないかってトヨさんは言ってたんですけど。キュキュ丸たちはみんなして顔赤らめてるし、相当美人なんじゃないかって。でも、竹彦さんに聞いたら、昔から隠したがる神様がいたって情報が出てきたし、特別な存在がいるんじゃないかとも――」

「ちょ、ちょっと待て。莉子ストップ」

そう言って途中で遮ってきた松之助さんの顔を見た。

すると松之助さんは、短い金髪をガシガシとかいて、「えーっと」と再び口を開く。

「要するに、今日莉子が元気なかったんは、俺が誰と会っとったんか気になったから？」

「はい」

「そんで、トヨさんと一緒にいろいろと聞き込みを行ったと」

「はい。でも真相が分からなくて」

コクリと頷きを返せば、松之助さんは「あー……」と眉間に手の甲を置いた。

「すごい憶測が飛び交っとったみたいやけど、半分ハズレで半分アタリやな」

「というと……？」

続きを促した私に向き直って、松之助さんはこう言った。

「まず、今日会ってたのは神様で……竹彦が言ってたのと同じ神様」

さっきも少し話題にのぼってた神様なんやけど、と呟いた松之助さんに首を傾げる。

「月読尊――ツキヨミさんっていう神様。三貴子のうちの一柱」

「……え？」

三貴子って、神様たちの中でも激レアな神様じゃなかったっけ。そのうちの一柱がここに来ていた……？

あんぐりと開いた口が塞がらない。

「昔からの付き合いなんやけど、夜の世界を司っとる神様やもんで、なかなか会えやんくて。久しぶりにここ来てくれたはいいんやけど、もう夜が始まるからって、さっさと出てってしまったんよな」

ツキヨミさんはきっと真面目で多忙な神様なのだろう。時間になったらきちんと出勤しているだけでこう思えるのも、この店の常連さんのサボリ率が高すぎるからに違いない。

「じゃあ、あの花の匂いも？」

「うん。ツキヨミさんの匂いやと思う」

甘い感じの匂いやろ？　と確認されて頷いた。

「どういった用件で、そんな有名な神様がいらっしゃってたんですか？」

滅多に会えないのだとしたら、なおさら疑問だ。いくら昔からの付き合いだといっても、三貴子ともなれば理由もなく立ち寄ることはないだろう。

そう思って聞いてみれば、松之助さんは「あー」と言いにくそうに宙を見た。

「いや、この店の今後について、ちょっと相談したいことがあってさ。話聞いてもらっとったん」

「この店の今後……？」

経営についてのことだろうか。事業を拡大するとか。それとも、店を辞めるとか？でも、きくのやさんに戻るっていう話はすでに終わっているはずだし、さすがにまたその話が浮上するのはしつこいような……。ていうか、店の今後についての相談なら、神様じゃなくて私にしてくれたらいいのに。

私の心がざわつき始めたのが、顔に出ていたのだろう。松之助さんは苦笑を浮かべながら説明を付け足した。

「ツキヨミさんって、占いの神様としても知られとるんさ。昔は月の動きを読むことで吉凶を占っとったって、聞いたことない？」

まさかすぎる答えに、私は「う、占いですか」と繰り返す。月と占いが結びつくっていうのは、言われてみればなんとなく分かるけれど。

「これまでにもツキヨミさんにはすごいお世話になっとって、それこそ出会ったのは俺が小学生になってすぐくらい。周りに馴染めやんかった俺を見かねて、ラッキーカラーとかよい方角とか教えてくれたり、たまにちょっとした予言もくれたりして」

「予言？」

「そう。明日の天気とか当ててくれるん」

それ、予言っていうか、ただの天気予報なのでは。

松之助さんは懐かしそうに「そうやって話すのが楽しくてさ」と目を細めていて、ツッコミを入れようにも入れられない雰囲気だ。

「あ、そういえば、竹彦に好きな子ができるたび、こっそりその相手を教えてくれたりもしたなあ」

「だから竹彦さんに、ツキヨミさんのこと隠してたんですか」

合点がいった私に頷いて、松之助さんはこう続けた。

「あの頃、竹彦にもたくさん救われてたけど、俺が神様たちのことを好きなままでいられたんは、ツキヨミさんのおかげやな」

そっか。〝見える〟体質だったことで周りから浮いていた松之助さんは、神様たちのことを嫌いになっていたかもしれないのか。〝見える〟体質じゃなければ悩まなかったのに、って思うこともあったのだろう。

「松之助さんにとって、ツキヨミさんは大切な存在なんですね」

「うん。俺が店を始めたときにもいろいろ助言もらったん。机の配置とか、椅子の並べ方とか、どうしたら運気が入ってくるかとか」

「開運アドバイザーみたいな感じですか」

ぽつりと感想を述べた私に、「それそれ」と松之助さんは頷く。

「今日話しとったんは、神嘗祭のときの営業について。毎年、うちの常連さんたちも駆り出されとるから、営業時間ずらすかメニュー変更するか、どうするんがいいやろかって」

「そ、そんなことだったんですね……」

ソワソワして損した。いや、確かに神嘗祭の営業についての相談も大事なことだろうけれど。松之助さんが『この店の今後について』とか大げさな言い方をするから、身構えてしまったじゃない。

想像していた内容と違ったことに、肩透かしをくらったような気持ちになりつつも、ホッと息をついた。

「……どうして、夕方聞いたときには教えてくれなかったんですか？　ていうか、私がいない間にコソコソ会わなくてもよかったんじゃないですか？」

今こうして教えてくれるのであれば、あの場で言ってくれてもよかったのに。

そう思いながら最後に尋ねた私に、松之助さんはあっさり答える。

「だって莉子、イケメンに耐性ないやろ」

「はい？」

咄嗟に問えば「美形に弱いやん。ほら、サクさんに初めて会ったときもお冷とおしぼり出すだけで手震わせとったし」と返ってくる。

「ツキヨミさん、すごい整った顔しとるから。会ったら多分、卒倒すんで」

……私、今日一日なにをモヤモヤしていたんだろう。

そう思うほどに呆気《あっけ》なく明かされた真実に、私はポカンと口を開けた。

全身の力が抜けたような、ホッとしたような気持ちになった。いろいろと気をもんでいた今日の自分を振り返ると、なんだか笑えてくる。

「なんですか、その理由……。そこまで言われると、すごくお会いしてみたいんですけど」

「倒れても面倒見やんからな」

軽い口調でそんな宣言をする松之助さんに「えー」と不満の声を上げつつも、まかないを食べるため、さっきからずっと止まっていた手を動かした。豆腐にいくらを乗せてから、お箸で慎重に口の中へ運ぶ。

真相が分かり晴れ晴れとした気持ちで食べる豆腐は、不安を抱いていたときよりもずっと柔らかく、優しい味がした。

「じゃあつまり、彼女じゃなかったってこと?」

早朝五時前。参拝時間の開始に合わせてお客さんたちを起こしながら、私たちの思い違いだったことを話すと、トヨさんは「つまんないわねえ」と唇を尖らせた。

「名探偵トヨさんの誕生かと思ったのに。それにしても、あのツキヨミさんがここに来てたなんてね」

「神嘗祭のときに、また姿見せてくれるみたいなこと言うとったけど」

松之助さんはそんな情報を伝えながら、のそのそと身体を起こしているトヨさんを「無駄口叩いとらんと、はよ行きな」と急かしていた。

「おやっさん、身体しんどくないですか？」

「……昨夜は飲みすぎてしまった」

私が出したお冷を一気に飲み干してカウンターの上にグラスを置き、おやっさんはグッと伸びをする。

「ヤマさんはもう行けそうですね」

「はい。よく眠れました。元気回復です」

朝からシャキッと背筋が伸びているヤマさんは、「さあ行きますよ、トヨさん」とトヨさんの手を取りながら、店の外に連れ出すのを手伝ってくれた。

「にゃいにゃい……」

社を持たないごま吉はまだ眠っている。夢の中でも客引きをしているのだろうか、手がくいくいと動いていた。

床の上を転がるキュキュ丸たちを踏まないように気をつけながら店の外に出ると、思いのほか冷たい風が吹いていて、身震いをする。

そんな私の隣に並んだ松之助さんが、「神嘗祭まであと少し、体調崩さんようにしよな」と声をかけてきた。

「そうですね。ツキヨミさんにも会えるかもですし」

さっき松之助さんが言っていたことを思い出しながらそう答えれば、「そやな」と苦笑いが返ってくる。

「まあ忙しくて、それどころじゃなくなるかもやけど」

「そ、そんなに忙しいんですか。頑張ります……！」

「はは、心強いなあ」

ガッツポーズをしてみせると、松之助さんは「頼りにしとるでな」と私の肩をポンと叩いた。その言葉が嬉しくて、コクコクと頷いていれば「まだ行きたくないい〜」とトヨさんの声が聞こえる。

視線を向ければ、トヨさんはヤマさんに半ば引きずられるようにして歩いていた。

「寄り道しやんと行くんやで」

「今日も一日頑張ってくださいね」

まだ薄暗い空の下。ドスン、ドスン、と響くおやっさんの足音に、ぞろぞろ去っていくお客さんたち。

「また、おいない」

松之助さんといつものように声を揃えて見送ると、お客さんたちは振り向いて笑顔を浮かべた。

ここは、神様たちが集まる居酒屋。

伊勢のおはらい町の片隅で、今日も今日とて賑やかに朝を迎える――。

完

あとがき

こんにちは、梨木れいあです。『神様の居酒屋お伊勢』の続編となる今作を手に取っていただき、また最後までお付き合いくださいまして、本当にありがとうございます。

「夏の伊勢のおすすめは？」と聞かれたとき、真っ先に思い浮かぶのが赤福氷です。あのふわっふわの氷と絶妙な抹茶蜜、上品なこしあんと白いお餅のおいしさは、伊勢を舞台にした作品でぜひ書きたいと思っていたことのひとつでした。

赤福氷を食べて、キュウリスティックを食べて、おとうふソフトを食べる、というのが私の王道食べ歩きパターンです。

神様たちやおいしい食べ物など、お伊勢さんはたくさんの魅力であふれていますが、季節ごとにさまざまなイベントが開催されている、というのもそのひとつではないかと思います。『五十鈴川桜まつり』に『七夕の節句』、年末に行われる『歳の市』などの想像しやすそうなイベントに加えて、風鈴の音が涼しい『風の市』や、季節の移ろいを感じる『夏まちまつり』、そして今作でも取り上げた『来る福招き猫まつり』など、お祭り好きにはたまらない頻度で町全体が盛り上がっています。

執筆に行き詰まったときにはお伊勢さんに足を運ぶのですが、その都度なにかしらのイベントが開催されていて、いつも楽しくパワーをもらえました。

最後になりましたが、毎度「あ、それ面白そう！」と感じる助言をくださる森上さま、『神様の居酒屋お伊勢』をわいわいと一緒に盛り上げてくださる後藤さま、スターツ出版の皆さま。いつも的確なアドバイスをくださるヨダさま。楽しい笑い声が聞こえてきそうなカバーイラストを描いてくださったｎｅｙａｇｉさま。一巻に引き続き素敵なデザインに仕上げてくださった徳重さま。そして、この本を手に取ってくださった皆さま。

本当にありがとうございました。

二〇一八年六月

梨木れいあ

この物語はフィクションです。実在の人物、団体等とは一切関係がありません。

梨木れいあ先生へのファンレターのあて先
〒104-0031　東京都中央区京橋1-3-1　八重洲口大栄ビル7F
スターツ出版（株）書籍編集部 気付
梨木れいあ先生

神様の居酒屋お伊勢 ～笑顔になれる、おいない酒～

2018年6月28日　初版第1刷発行

著　者　　梨木れいあ　

発 行 人　　松島滋
デザイン　　カバー　徳重 甫＋ベイブリッジ・スタジオ
　　　　　　フォーマット　西村弘美
編　　集　　森上舞子
　　　　　　ヨダヒロコ（六識）
発 行 所　　スターツ出版株式会社
　　　　　　〒104-0031
　　　　　　東京都中央区京橋1-3-1　八重洲口大栄ビル7F
　　　　　　TEL　販売部　03-6202-0386（ご注文等に関するお問い合わせ）
　　　　　　URL　http://starts-pub.jp/
印 刷 所　　大日本印刷株式会社

Printed in Japan

ISBN　978-4-8137-0484-3　C0193

ISBN978-4-8137-0376-1

ISBN978-4-8137-0326-6

スターツ出版文庫　好評発売中!!

『10年後、夜明けを待つ僕たちへ』　小春《こはる》りん・著

『10年後、集まろう。約束だよ！』――７歳の頃、同じ団地に住む幼馴染５人で埋めたタイムカプセル。十年後、みんな離れ離れになった今、団地にひとり残されたイチコは、その約束は果たされないと思っていた。しかし、突然現れた幼馴染のロクが、「みんなにタイムカプセルの中身を届けたい」と言い出し、止まっていた時間が動き出す――。幼い日の約束は、再び友情を繋いでくれるのか。そして、ロクが現れた本当の理由とは……。悲しすぎる真実に涙があふれ、強い絆に心震える青春群像劇！

ISBN978-4-8137-0467-6 ／ 定価：本体600円＋税

『京都あやかし料亭のまかない御飯』　浅海《あさみ》ユウ・著

東京で夢破れた遥香は故郷に帰る途中、不思議な声に呼ばれ京都駅に降り立つ。手には見覚えのない星形の痣が…。何かに導かれるかのように西陣にある老舗料亭『月乃井』に着いた遥香は、同じ痣を持つ板前・由弦と出会う。丑三時になれば痣の意味がわかると言われ、真夜中の料亭を訪ねると、そこにはお腹をすかせたあやかしたちが⁉　料亭の先代の遺言で、なぜかあやかしが見える力を授かった遥香は由弦と“あやかし料亭”を継ぐことになり…。あやかしの胃袋と心を掴む、まかない御飯全３食入り。癒しの味をご堪能あれ！

ISBN978-4-8137-0447-8 ／ 定価：本体570円＋税

『きみと見つめる、はじまりの景色』　騎月孝弘《きづきたかひろ》・著

目標もなく、自分に自信もない秀はそんな自分を変えたくて、高一の春弓道部に入部する。そこで出会ったあずみは、凛とした笑顔が印象的な女の子。ひと目で恋に落ちた秀だったが、ある日、彼女が泣いている姿を見てしまう。実は、彼女もある過去の出来事から逃げたまま、変われずに苦しんでいた。誰にも言えぬ弱さを抱えたふたりは、特別な絆で結ばれていく。そんな矢先、秀はあずみの過去の秘密を知ってしまい――。優しさも痛みも互いに分け合いながら、全力で生きるふたりの姿に、心救われる。

ISBN978-4-8137-0446-1 ／ 定価：本体610円＋税

『ちっぽけな世界の片隅で。』　高倉《たかくら》かな・著

見た目も成績も普通の中学2年生・八子は、恋愛話ばかりの友達も、いじめがあるクラスも、理解のないお母さんも嫌い。なにより、周りに合わせて愛想笑いしかできない自分が大嫌いで、毎日を息苦しく感じていた。しかし、偶然隣のクラスの田岡が、いじめられている同級生を助ける姿を見てから、八子の中でなにかが変わり始める。悩んでもがいて…そうして最後に見つけたものとは？　小さな世界で懸命に戦う姿に、あたたかい涙があふれる――。

ISBN978-4-8137-0448-5 ／ 定価：本体560円＋税

スターツ出版文庫　好評発売中!!

『いつか、君の涙は光となる』　春田《はるた》モカ・著

高校生の詩春には、不思議な力がある。それは相手の頭上に浮かんだ数字で、その人の泣いた回数がわかるというもの。５年前に起きた悲しい出来事がきっかけで発動するようになったこの能力と引き換えに、詩春は涙を流すことができなくなった。辛い過去を振り切るため、せめて「優しい子」でいようとする詩春。ところがクラスの中でただひとり、無愛想な男子・吉木馨だけが、そんな詩春の心を見透かすように、なぜか厳しい言葉を投げつけてきて——。ふたりを繋ぐ、切なくも驚愕の運命に、もう涙が止まらない。

ISBN978-4-8137-0449-2 ／ 定価：本体580円＋税

『星空は100年後』　櫻《さくら》いいよ・著

俺はずっとそばにいるよ——。かつて、父親の死に憔悴する美輝に寄り添い、そう約束した幼馴染みの雅人。以来美輝は、雅人に特別な感情を抱いていた。だが高1となり、雅人に“町田さん”という彼女ができた今、雅人を奪われた想いから美輝はその子が疎ましくて仕方ない。「あの子なんて、いなくなればいいのに」。そんな中、町田さんが事故に遭い、昏睡状態に陥る。けれど彼女はなぜか、美輝の前に現れた。大好きな雅人に笑顔を取り戻してほしい美輝は、やがて町田さんの再生を願うが…。切なくも感動のラストに誰もが涙！

ISBN978-4-8137-0432-4 ／ 定価：本体550円＋税

『おまかせ満福ごはん』　三坂《みさか》しほ・著

大阪の人情溢れる駅前商店街に一風変わった店がある。店主のハルは“残りものには福がある”をモットーにしていて、家にある余った食材を持ち込むと、世界でたった一つの幸せな味がする料理を作ってくれるらしい。そこで働く依は、大好きな母を失った時、なぜか泣けなかった。そんな依のためにハルが食パンの耳で作ったキッシュは、どこか優しく懐かしい母の味がした。初めて依は母を想い幸せな涙を流す——。本替わりのメニューは、ごめんね包みのカレー春巻き他、全５食入り。残り物で作れる【満福レシピ】付き！。

ISBN978-4-8137-0431-7 ／ 定価：本体530円＋税

『桜が咲く頃、君の隣で。』　菊川《きくかわ》あすか・著

高２の彰のクラスに、色白の美少女・美琴が転校してきた。「私は…病気です」と語る美琴のことが気になる彰は、しきりに話し掛けるが、美琴は彰と目も合わせない。実は彼女、手術も不可能な腫瘍を抱え、いずれ訪れる死を前に、人と深く関わらないようにしていた。しかし彰の一途な前向きさに触れ、美琴の恋心が動き出す。そんなある日、美琴は事故に遭遇し命を落としてしまう。だが、目覚めるとまた彰と出会った日に戻り、そして——。未来を信じる心が運命を変えていく。その奇跡に号泣。

ISBN978-4-8137-0430-0 ／ 定価：本体580円＋税

書店店頭にご希望の本がない場合は、書店にてご注文いただけます。